고양이와 강아지

어른들을 위한 동물 우화

고양이와 강아지: 어른들을 위한 동물 우화

발 행 | 2023년 04월 26일
지은이 | 에디스 네스빗
옮긴이 | 노지혜
펴낸이 | 노지혜
펴낸곳 | 컴패니언북스
출판사등록 | 2023.03.09.(제353-2023-000005호)
전 화 | 070-8065-4391
팩 스 | 0504-298-9046
이메일 | companionbooks@naver.com
ISBN | 979-11-982615-1-9 (03840)
정 가 | 8,500원

Pussy and Doggy Tales
Text © Edith Nesbit
Illustrations © L. Kemp-Welch

고양이와 강아지

어른들을 위한 동물 우화

에디스 네스빗 지음
노지혜 옮김

컴패니언북스

차례

『고양이와 강아지: 어른들을 위한 동물 우화(Pussy and Doggy Tales)』는 영국을 대표하는 아동문학가 에디스 네스빗(Edith Nesbit)의 동물 이야기를 모은 우화집이다.

나와 반려동물과의 인연을 거슬러 올라가보면 아마 어머니 배 속부터가 아닐까 싶다. 동물을 좋아하는 어머니 덕분에 강아지는 물론이고, 토끼, 다람쥐, 기니피그, 햄스터, 거북 등 어릴 때부터 다양한 반려동물들에게 둘러싸여 살았다. 그래서 동물과 산다는 것이 특별한 일이 아니라 숨 쉬듯 당연한 일처럼 느껴졌다. 초등학교 6학년 때 처음 만난 반려견이 15년 후 세상을 떠나고, 진돗개들을 키우는 동안 여러 문제를 겪으면서 동물행동학에 관심이 생겼다. 동물에 대해 공부하다 보니 반려동물에 관한 책에도 관심이 생겼고, 자연스럽게 동물 외서 기획과 번역을 시작하게 되었다.

처음 접한 반려동물 번역서는 『개는 어떻게 말하는가(How to Speak Dog)』와 『당신의 몸짓은 개에게 무엇을 말하는가(The Other End of the Leash)』였다. 그 전에도 동물 관련 책에 관심이 많았지만, 출판번역가라는 꿈을 꾸게 한 책은 이 두 책이었다. 모두 저명한 동물행동학자가 쓴 책으로, 반려견의 언어를 설명하고, 개의 행동과 심리를 다룬다. 두 책의 궁극적인 목표는 반려견의 문제 행동, 정확히는 보호자가 개의 '언어'를 이해하지 못해서 생기는 문제를 이해하고 해결하는 데에 있다. 이렇게 전문가들이 써낸 책을 통해 동물의 행동을 이해하는 것도 중요하지만, 근본적으로는 동물의 행동과 심리를 잘 보여주는 책들이 많이 나와서 아이들이 읽고, 어릴 때부터 동물에 대해 잘 이해했으면 하는 바람이 있다. 그래서 첫 동물 역서로 아이들도 쉽게 읽을 수 있는 동물 우화를 찾았고, 에디스 네스빗의 작품에서 『고양이와 강아지: 어른들을 위한 동물 우화』를 발견해 번역하기로 마음먹었다.

에디스 네스빗은 아이들이 등장하는 모험담을 그린 소설로 유명하지만, 어른들을 위한 책이나 우화집도 다수 출간했다. 그렇다면 우화란 무엇일까? 국립국어원 표준국어대사전 정의에 따르면 우화는 '인격화한 동식물이나 기타 사물을 주인공으로 하여 그들의 행동 속에 풍자와 교훈의 뜻을 나타내는 이야기'이다. 『고양이와 강아지: 어른들을 위한 동물 우화』는 귀여운 고양이나 강아지를 중심으로 내용이 전개되지만, 결말까지 읽어보면 이야기가 마냥 가볍지는 않다. 오히려 순수한 동물들의 시선에서 다양한 사건을 풀어냄으로써 궁극적으로는 인간 사회의 부조리와 불합리를 드러내고 있다.

이 책을 통해 동물들이 사는 세계를 간접적으로 체험하는 동시에 중요한 교훈을 배우리라 믿는다. 개인적으로 고양이 가족이 등장하는 「헛똑똑이」와 푸들이 등장하는 「아름다움의 비밀」을 추천하고 싶다. 사랑스러운 동물들의 삶을 엿볼 수 있으면서도 생각할 거리를 던져주는 이야기라고 생각한다.

우화집인 만큼 어른과 아이, 부모와 자녀가 함께 읽어도 좋다. 다만 이야기의 무게를 고려해 '어른들을 위한' 우화라고 부제를 지었지만, 아이들도 읽을 수 있도록 최대한 풀어 쓰고 표현을 순화하였음을 밝혀둔다. 또, '강아지 이야기'에 아이들에게 다소 낯설거나 어려운 품종명이 등장하는 것을 고려해 견종에 대한 사진과 짤막한 설명을 부록으로 실었다. '강아지 이야기' 우화가 특정 품종의 특징을 중심으로 전개되는 만큼 내용을 이해하는 데에 도움이 될 것이라고 믿는다.

아동문학가의 눈으로 써 내려간 동물 우화를 통해 아이들은 상상력을 펼치는 동시에 반려동물에 대해 좀 더 이해하고, 어른들은 동심의 세계로 돌아가 삶의 교훈을 얻는 유익한 시간이 되기를 바란다.

2023년 4월 노지혜

지은이 소개

에디스 네스빗(Edith Nesbit)은 당시 'E. Nesbit'이라는 이름으로 다수의 아동문학 서적을 출간했다. 1858년, 잉글랜드 남동부의 서리에서 태어난 네스빗은 네 살 때 아버지를 여의었다. 그 후, 언니 메리의 건강이 악화되자 가족과 함께 유럽 곳곳에서 살았으며, 프랑스, 스페인, 독일에서 유년 시절을 보냈다. 언니가 폐결핵으로 세상을 떠난 후에는 대표작 『철도 위의 아이들(The Railway Children)』에 영감을 준 켄트 북서부의 할스테드에서 살았다. 열여덟 살 때 은행인 허버트 블랜드를 만나 결혼했지만, 순탄치 않은 결혼 생활을 하다가 결국 결별했다. 이후 예술가이자 사회주의자인 윌리엄 모리스를 만나 1884년, 사회주의 단체 페이비언 협회(Fabian Society)를 세우고 정치 운동가로 활동했다. 마흔 살 때부터 런던 남동부의 엘트햄에서 동화 작가로서 본격적인 작품 활동을 했고, 이곳에서 『고양이와 강아지: 어른들을 위한 동물 우화』를 썼다. 1924년 켄트의 뉴롬니에서 폐암으로 숨을 거뒀다. 현대 아동 판타지 문학의 선구자로 손꼽히며 유럽의 근·현대 동화가 발전하는 데 많은 영향을 주었다.

옮긴이 소개

대학교에서 영어학과를 전공하고 국어국문학과를 부전공했다. 영화와 동물 다큐멘터리를 번역한다. 유년 시절을 개와 함께 보냈으며, 지금은 사랑스러운 고양이 '별'의 집사이다. 동물과 아름다운 우리말 번역에 관심이 많다. 역서로는 데일 카네기의 『인간관계론(공역)』이 있다.

고양이 이야기

헛똑똑이

"이야기를 들려주세요, 엄마."

셋 중에 가장 어린 아기 고양이가 말했다.

"이제 들려줄 이야기가 없는데."

엄마 고양이가 눈을 비비며 말했다. 그리고는 건초 쪽으로 몸을 돌렸다.

"그럼 새로운 이야기를 들려주세요."

막내의 성화에 엄마 고양이가 콩 하고 귀를 때려주었다. 아기 고양이가 까르르 웃었다. 고양이가 웃는 것을 들어보았는가? 놀랍게도 고양이도 웃을 때가 있다! 엄마 고양이가 대답했다.

"재미있는 이야기를 하나 알고 있지. 진짜인지는 모르지만, 점잖은 얼룩 신사 고양이한테 들은 거란다. 얼룩 신사 고양이는 할머니의 소중한 친구이자, 태비 화이트 부인의 머나먼 육촌이었어. 오늘은 태비 화이트 부인의 이야기를 들려주마."

"어서 말해주세요!"

세 고양이가 한목소리로 말했다. 아기 고양이들은 꼿꼿이 앉았다. 그리고 녹색 눈으로 엄마를 바라보며 이야기를 기다렸다. 엄마 고양이가 인자한 말투로 말했다.

"좋아. 대신 중간에 말을 끊으면 바로 멈출 거야."

헛간에 적막이 감돌았다. 엄마 고양이의 목소리와, 재미있는 이야기를 들을 때 아기 고양이들이 기분 좋게 가르랑거리는 소리만 빼고.

태비 화이트 부인은 고무창 구두에서 쥐를 잡을 만큼 똑똑한 고양이였어. 언제 어디서 쥐가 튀어나올지 다 알고 있었단다. 보드라운 털에 숨겨진 날카로운 발톱으로 쥐가 나타나면 재빨리 덮쳤어. 태비 부인은 아기들에게 먹일

아침거리도 잘 잡았단다. 봄이 오면 너희에게 기술을
가르쳐줄 거야.

부인은 담벼락에 있는 담쟁이덩굴 사이에 조용히 숨었어.
그리고 부모 새가 벌레를 잡으러 갈 때까지 기다렸다가 아
기 새를 냉큼 낚아챘단다. 아까도 말했지만 태비 화이트 부
인은 아주 똑똑했어. 얼마나 똑똑했던지 고양이 세상에서
최고가 되는 것만으로는 만족하지 못했단다. 태비 부인은
중얼거렸어.

"우리 고양이들은 사람보다 똑똑하지만, 사람에게도 배울
점은 있어. 그래서 늘 사람들이 뭘 하는지 지켜봐야 해."

다음 날 아침, 요리사가 태비 화이트 부인에게 아침을 주
러 왔단다. 부인은 요리사가 주전자에 든 우유를 접시에 따
라주는 것을 보았지. 그날 오후, 태비 부인은 목이 말랐어.
하지만 평소처럼 주전자에 머리를 집어넣을 생각은 없었어.
대신 주전자를 기울여 접시에 우유를 따라 마시기로 했지.
요리사가 그랬던 것처럼.

고양이의 발은 힘이 세서 쥐나 새를 잡기에는 좋지만, 큰
주전자를 잡기에는 힘들단다. 결국 말썽꾸러기 주전자가 찬
장에서 미끄러져 와장창 깨지고 말았어.

"이 주전자는 왜 이리 말썽이람!"

태비 부인이 투덜거렸어. 우유가 온 바닥에 쏟아져 버렸

단다.

"아니, 발도 없는 주전자가 어떻게 깨졌지?"

요리사가 갸우뚱거렸어. 하녀가 주방에 들어오며 말했어.

"분명히 고양이 짓일 거예요."

하녀의 말이 맞았지만 누구도 믿지 않았단다.

며칠 후, 태비 화이트 부인은 또 무언가를 보게 되었어. 사람들은 크고 부드러운 쿠션이 깔린 새하얀 침대에서 잠을 잤단다. 고양이처럼 주방 벽난로 앞에 있는 깔개나 헛간에서 자지 않았지. 어느 날 저녁, 부인은 아이들을 불러 말했단다.

"사랑하는 아가들아, 새로운 집으로 이사하자꾸나."

아기 고양이들은 뛸 듯이 기뻤어. 그리고 위층으로 살금살금 올라가 제일 좋은 침대로 기어들어 갔단다. 그 침대에는 어떤 아저씨가 쿨쿨 자고 있었어. 아기 고양이들을 본 아저씨는 곱게 보내주지 않았단다. 고양이들이 전부 도망칠 때까지 힘껏 부츠를 던졌지. 겁에 질린 아기 고양이들은 꼬리가 빠지도록 도망쳤어.

다음 날 아침, 아저씨는 주인아주머니에게 괘씸한 고양이들이 침대에 기어들어 왔다고 고해바쳤어. 한밤중에 또 그런 일이 생기면 더는 참지 않겠다고 으름장을 놓았지. 태비 화이트 부인은 내심 기뻤단다. 교양 있는 부인이라면 부츠를 던지는 사람을 다시 집에 들일 리 없으니까. 주인아주머니는 슬픈 표정을 지었어.

"태비야, 너 때문에 뜻밖의 손해를 보았구나."

똑똑한 태비 부인이었지만 아주머니가 무슨 말을 하는지 이해하지 못했어. 대신 힘차게 가르랑거리면서, 다음에 또 어떤 기발한 일을 해볼까 궁리했어. 참, 아주머니 말이 무슨 뜻인지는 나도 모르니까 바보 같은 질문은 하지 말아주렴.

"이제 우리도 신발을 신어야겠구나."

어느 날, 태비 화이트 부인이 말했어. 하지만 사람이 신는 신발은 아기 고양이들에게 너무 컸단다. 그때 작고 예쁘장한 분홍색 신발이 눈에 들어왔어. 새 신발처럼 깨끗한 신발이었지. 그것은 사람 아이가 갖고 노는 인형의 신발이었어. 태비 부인은 첫째 고양이의 조그마한 갈색 발에 신발을 신겨주었어.

"브린들, 이것 보렴."

태비 부인이 첫째에게 말했어. '브린들'은 이 이야기를 들려주었던 신사 고양이의 이름을 따서 지은 이름이었단다.

"이렇게 멋있는 아기 고양이는 너밖에 없을 거야."

브린들은 기분이 좋아졌어. 하지만 좋은 기분은 오래가지 못했단다. 발이 너무 아팠거든. 브린들은 야옹 하고 울었어.

그러자 태비 부인이 콩 하고 귀를 때려주었어. 모든 엄마 고양이가 그러는 것처럼. 무슨 말인지 잘 알 거야.

엄마 고양이가 잠들자 브린들은 분홍색 신발을 벗어서 찢어버렸어. 유모는 신발을 망가뜨린 브린들을 혼내주었단다. 가여운 태비 부인은 아들이 맞는 모습을 바라볼 수밖에 없었어. 엄마 고양이가 콩 하고 귀를 때리는 것과 많이 달랐거든. (엄마 고양이는 살짝 때린단다. 무슨 말인지 잘 알 거야.) 유모는 브린들의 엉덩이를 찰싹 때렸어.

태비 화이트 부인이 사람을 따라 하려고 했던 일은 마지막으로 또 있었단다. 어느 토요일 저녁이었어. 태비 부인은 사람 아이가 난롯불 앞에서 목욕하는 모습을 보았단다. 따뜻한 물, 분홍색 비누, 마른 수건도 있었지. 한바탕 목욕 소동이 일어나는 동안 부인은 중얼거렸어.

"그동안 왜 그렇게 고생했을까? 바보같이 작은 발과 분홍색 혀로 애들을 씻기고 있었구나. 저 욕조에만 넣으면 사람 아이는 금방 깨끗해져. 시간이 더 있었으면 나는 지금보다 더 똑똑해졌을 거야. 그러면 내가 세상에서 제일 똑똑한 고양이가 됐겠지."

태비 부인은 사람 아이를 목욕시키는 모습을 조용히 지켜보았어.

목욕이 끝나고 사람 아이가 침대에서 잠들자 유모는 저녁을 먹으러 내려갔어. 욕조는 나중에 치울 참이었어. 갓 구운 양파와 치즈가 기다리고 있었거든. 언젠가 하녀가 말하는 것을 들었어. 음식은 따뜻할 때 먹어야 한다고. 식으면 맛이 없으니까.

태비 화이트 부인은 유모가 아래층으로 내려갈 때까지 기다렸어. 그리고 아기 고양이들을 욕조에 넣고, 장미 향이 나는 비누를 스펀지에 묻혀 아기들을 씻겼단다. 처음에는 목욕이 즐거웠어. 하지만 비눗물이 눈에 들어가자 아기 고양이들은 스펀지가 무서워졌어. 아기 고양이들이 서럽게 울자, 엄마 고양이는 아기들을 욕조에서 꺼내주었어. 엄마 고양이가 어떻게 아기 고양이를 욕조에서 꺼냈냐고? 그건 아무도 모를 거야.

태비 화이트 부인은 부드러운 수건으로 아기들의 털을 말려주었어. 고양이의 피부는 사람의 피부와 달라. 그래서 수건으로는 잘 말릴 수 없었단다. 아기 고양이들은 울먹이며 말했어.

"엄마, 아까는 보송보송하고 따뜻했는데 지금은 너무 추워요! 우리가 뭘 잘못했어요? 왜 우릴 혼내는 거예요?"

"앙큼한 고양이들 같으니!"

저녁을 먹고 돌아온 유모가 외쳤어. 엄마 고양이는 젖은 아기 고양이들을 안고 있었단다.

"요놈들, 욕조에 들어갔다 나왔구나!"

유모는 오들오들 떠는 아기 고양이들의 털을 말려주었어.
(유모의 손은 엄마 고양이의 앞발보다 커서 쉽게 말릴 수
있었단다.) 그리고 바구니에 아기 고양이들을 넣고 보드라운
천으로 덮어주었어.

다음 날, 아기 고양이들은 더 이상 떨지 않았지만 털이
부스스해졌단다. 가여운 브린들은 감기까지 걸리고 말았지.
브린들은 며칠 동안 시름시름 앓았단다. 태비 부인은 감기
에 걸린 아들 때문에 밤잠을 설쳤어. 다행히 브린들은 무사
히 고비를 넘겼단다. (물론 그 후에도 잔기침을 달고 살았
지만.) 태비 화이트 부인은 아기 고양이들에게 말했어.

"사랑하는 아가들아, 내가 잘못했구나. 나는 나이만 많은
바보 고양이야."

아기 고양이들이 가르랑거리며 말했어.

"아니에요. 엄마는 세상에서 최고의 고양이인걸요!"

태비 부인은 아기 고양이들에게 뽀뽀해주었어. 아이들이 최고라고 말해주면 어떤 엄마든 하늘을 나는 기분일 거야. 하지만 마음속으로는 자신이 얼마나 어리석었는지 알고 있었단다.

태비 부인은 아기 고양이들을 씻겨주었어. 이번에는 분홍색 비누와 흰 수건이 아니라, 작고 보드라운 흰 발과 분홍색 혀로. 모든 고양이가 그러는 것처럼 말이야.

아기 고양이들이 한목소리로 말했다.

"고마워요, 엄마! 무섭지만 재미있는 이야기였어요."

"이 이야기의 교훈은 뭐예요?"

셋 중에 가장 어린 아기 고양이가 물었다. 엄마 고양이가 대답했다.

"이 이야기의 교훈은 말이야. 아무리 똑똑한 고양이도 실수한다는 거란다. 이 이야기가 진짜인지는 모르지만, 무슨 교훈을 주는지는 알지. 자, 이제 간식 먹을 시간이다. 따라오렴."

고양이 가족은 쥐를 잡으러 살금살금 기어갔다. 가장 어린 아기 고양이가 말했다.

"저도 실수할까 봐 무서워요. 그냥 쥐를 안 잡을래요."

엄마 고양이가 콩 하고 귀를 때려주었다. 모든 엄마 고양이가 그러는 것처럼. 무슨 말인지 잘 알 것이다!

흰 페르시안 고양이

나는 잘생기고 똑똑하고 점잖고 믿음직한 중년의 얼룩 고양이였다. 섣불리 나서지도 않았다. 내 자리가 어딘지 알고 자리를 지킬 줄 알았다. 겨울에는 벽난로 앞, 여름에는 햇볕이 드는 창가 앞이 내 자리였다. 날 언짢게 하는 것은 아무것도 없었다. 크림에 파리 한 마리 빠진 적이 없고, 고기를 못 먹는 일도 없었다. 내 삶은 너무나 평화로웠다. 어느날 갑자기 주인아저씨가 흰 페르시안 고양이를 데려오기 전까지는.

흰 페르시안 고양이는 매우 아름답고 조용했지만, 멍청하고 소심한 푸른 눈의 고양이였다. 우리 말을 할 줄도 몰랐다. 사람들이 '야옹아, 야옹아'라고 부를 때도 소파 밑으로 숨었다. 자신을 괴롭힐 줄 알았나 보다. 페르시안 고양이는 두 가지 말만 할 줄 알았다. 페르시아 말과 고양이 말!

주인아저씨는 그것도 모르고 페르시안 고양이를 불렀다. 처음에는 '야옹아'나 '냥이야'라고 부르다가 '나비야'라고 불렀다가 다시 '야옹아'라고 불렀다. 한때 날 부르던 애칭은 대답 없는 고양이를 부르는 말이 되었다. 아무리 불러도 오지 않자 아저씨는 한숨을 내쉬었다.

"불쌍한 것, 귀가 안 들리나 보구나!"

나는 활활 타오르는 난로망 옆에 앉아 얼굴을 닦았다. 그리고 앞발을 쭉 뻗으며 주인아저씨를 바라보았다. 아저씨는 더 이상 새로 온 고양이를 부르지 않았다. 하지만 나는 두려워졌다. 아저씨가 언제 페르시아 말이나 고양이 말을 배울지 모르니까. 그래서 새로 온 고양이가 아저씨와 친해지지 않도록 녀석을 바꿔놓기로 마음먹었다. 나는 불청객에게 속삭였다.

"왜 아저씨가 널 차갑게 대하는지 궁금하지? 영국에서 흰 고양이는 하루에 스무 번은 야옹 하고 울어야 해. 또, 스무 배는 더 크게 가르랑거려야 하고."

흰 페르시안 고양이가 우아한 말투로 말했다.

"말해줘서 고마워. 그건 몰랐네. 다행이다. 내 목소리는 아주 듣기 좋거든."

이윽고 우유를 먹을 시간이 되었다. 페르시안 고양이는 목청이 터져라 울기 시작했다. 아저씨는 깜짝 놀라 손에 든 접시를 떨어뜨릴 뻔했다. 우유를 다 먹은 흰 페르시안 고양이는 아저씨 무릎 위에 올라갔다. 아저씨는 녀석을 쓰다듬었다. 페르시안 고양이는 대꾸라도 하듯 목청이 터져라 가르랑거렸다. 처음에는 아저씨도 기분이 좋았다. 하지만 소리가 점점 커지자 더는 참지 못하고 외쳤다.

"얘야, 그만! 벌 떼가 윙윙대는 소리보다도 크구나!"

아저씨는 흰 페르시안 고양이를 내려놓았다. 나는 녀석에게 잘했다고 칭찬해주었다. 그 후에도 페르시안 고양이는 틈만 나면 울었다. 다정한 고양이었지만 퍽 멍청했다. 영국에 사는 흰 고양이답게 밤낮없이 울어댔다.

흰 페르시안 고양이가 우는 소리는 어떤 고양이의 울음보다 컸다. 녀석은 연습을 게을리하지 않았다. 정원에서도 야옹, 집 안에서도 야옹, 밥을 먹다가도 야옹, 기도 시간에도 야옹, 밥을 달라고 보챌 때도 야옹 하고 울었다. 고맙다고 인사할 때도 야옹 하고 울어댔다. 주인아저씨는 집에 놀러 온 친구에게 말했다.

"불쌍한 것! 귀가 전혀 안 들리나 봐. 자기 목소리가 얼마나 시끄러운지도 모른다니까."

물론 나는 아저씨가 무슨 말을 하는지 알았다. 하지만 흰 페르시안 고양이는 우리 말을 이해하지 못했다. 아저씨가 페르시아 말을 배웠어도 알파벳밖에 몰랐겠지만.

그날은 흰 페르시안 고양이가 힘없이 울었다. 감기에 걸렸기 때문이다. 아저씨 친구가 갸우뚱거리며 말했다.

"그렇게 시끄럽지 않은걸. 예쁘장한데 좀 참아보게. 어디선가 상도 받았을 거야."

"그럼 자네가 데려가게."

주인아저씨가 냉큼 대답했다. 낯선 신사는 페르시안 고양이를 바구니에 넣어 집으로 갔다.

그날 저녁, 나는 주인아저씨의 무릎에 올라갔다. 이제 아저씨가 책상에서 편지를 쓰는 모습을 바라보거나, 아저씨가 차에 넣고 남은 우유를 먹는 일은 내 차지가 되었다.

며칠 후, 편지 한 통이 날라왔다. 아저씨가 잠시 편지를 내려놓은 사이 나는 편지를 읽으러 책상에 올라갔다. 고양이가 글을 읽을 수 있냐고? 아저씨의 편지를 읽는 것은 세상에서 내게 제일 쉬운 일이다. 편지에는 제발 흰 페르시안 고양이를 데려가 달라고 쓰여 있었다.

편지의 내용은 이러했다.

"고양이가 우는 소리가 점점 커진다네. 불쌍한 것, 자네 말대로 귀가 안 들리나 봐. 도저히 참을 수가 없어."

아저씨는 친구에게 바로 답장을 보냈다. 흰 페르시안 고양이를 다시 데려오느니 개를 데려오겠다고 했다. 아저씨 친구는 제발 도와달라며 또 한 번 편지를 보냈다. 얼마 후, 낯선 신사가 차를 마시러 놀러 왔다. 나는 페르시안 고양이가 다시 올까 봐 마음을 졸였다. 하지만 그런 일은 없었다.

다음 날 아침, 주인아저씨는 나를 무릎에 올려놓고 부드럽게 쓰다듬으며 말했다.

"얼룩 고양이야, 이제 흰 페르시안 고양이를 볼 일은 없

을 거야. 귀가 안 들리는 고모님 댁에 보내버렸거든. 고모
님은 고양이가 아주 예쁘장하다며 좋아하셨단다. 둘 다 귀
가 안 들리니까 아무리 고양이가 울어도 괴롭지 않을 거
야."

아저씨가 내게 줄 크림을 찻잔 접시에 따르며 말했다.

"다시는 그렇게 예쁜 고양이를 키우진 못할 거야. 넌 참
조용하구나. 이제 다른 고양이는 절대 데려오지 않으마."

늘 그렇듯 나는 얌전히 앉아 있었다. 그 후로 아저씨는
다른 고양이에게 눈길도 주지 않았다.

힘 센 친 구

엄마는 최고의 고양이였다. 아침마다 우리를 씻겨주었고,
낮에도 귀, 발, 꼬리 끝까지 여기저기 핥아주었다. 또, 우리
에게 하나라도 더 가르쳐주려고 애썼다. 엄마는 나를 제일
걱정했다. 난 몸이 둔하고 무거웠다. 그래서 엄마가 고양이
답게 사는 법을 가르칠 때도 실수만 했다.

체육 수업은 주방 벽난로 앞에 있는 깔개에서 시작되었
다. 벽난로에는 항상 따뜻한 모닥불이 타오르고 있었다. 나
는 난로 앞에서 쿨쿨 자고 싶었다. 고양이 꼬리를 쫓아다니
는 일은 여간 내키지 않았다.

　수업 시간에는 요리사 아저씨가 떨어뜨린 실뭉치를 쫓고, 커튼 술과 장난치고, 종이봉투 안에 쥐가 있는 것처럼 놀았다. 물론 종이봉투 안에 쥐는 없다. 난 이런 놀이에는 흥미도 없고, 있지도 않은 쥐를 만들어낼 상상력은 더더욱 없었다. 한번은 엄마에게 말했다.

　"엄마가 최고라는 건 알아요. 근데 저는 다 시간 낭비 같아요. 이런 놀이보다 좋은 게 얼마나 많다고요!"

　엄마가 정색하며 물었다.

　"그게 뭐니?"

　"그냥 먹고 자는 거죠!"

　엄마는 콩 하고 내 귀를 때렸다. 엄마는 지금 작은 것부터 배워 놔야 고양이답게 살 수 있다고 설명해주었다.

　"이렇게 꼬리를 쫓고 실뭉치를 갖고 노는 게 시간 낭비 같겠지. 그래도 나중에 중요한 일을 할 때 도움이 될 거야."

　누나가 물었다.

　"그게 뭔데요?"

　엄마가 힘을 주며 말했다.

"바로 쥐잡이란다!"

나는 기지개를 펴며 대꾸했다.

"여기에는 쥐가 없는걸요."

"그렇지 않아. 영원히 이곳에서 살 수는 없어. 엄마가 가르쳐주는 걸 열심히 연습해두렴. 언젠가 때가 되면 새로운 기회가 찾아올 거야. 소중한 상이 눈앞에 나타나겠지. 쥐 말이야! 쥐나 나타나면 재빨리 잡아야 해. 그래야 고양이의 체면을 지킬 수 있단다."

내가 물었다.

"꼬리나 실뭉치를 쫓지 않으면 어떻게 되는데요?"

엄마가 차가운 말투로 말했다.

"그럼 쥐가 배 위로 지나가도 그냥 가만히 있거라."

처음에 엄마는 먹고 자기만 하는 것이 얼마나 어리석은지 설명하려고 애썼다. 그러다 나중에는 형과 누나만 데리고 수업을 했다. 형과 누나는 똑똑한 학생이었다. 작고 굴러가는 건 뭐든 잡으려고 했다. 연습도 게을리하지 않았다. 넘어져도 계속 일어났다. 나에게는 상상도 할 수 없는 일이었다.

한번은 누나가 정원에서 마른 잎을 갖고 노는 것을 보았

다. 누나는 꼭 움직이는 새가 있는 것처럼 놀았다. 그때는 누나가 바보처럼 보였다. 누나처럼 열심히 연습했다면 고생을 반밖에 하지 않았을지도 모르지. 엄마는 누나에게 칭찬을 아끼지 않았다. 특히 찌르레기를 잡았을 때는 얼마나 기뻐했는지 모른다. 누나는 아무도 생각하지 못한 기발한 방법으로 새를 잡았다.

누나는 근처 농장 소와 친구가 되었다. 덕분에 외양간에 들어가 소 등에 올라탈 수 있었다. 아침이 되자 소는 풀을 뜯으러 들판으로 나갔다. 누나는 소 등에 탄 채 밖으로 나왔다. 새들은 늘 고양이를 피해 다닌다. 그래서 날개 근처에 좀처럼 갈 수가 없다. 도대체 새는 왜 날개가 있을까? 하나도 쓸모가 없는데.

하지만 새들은 소를 무서워하지 않는다. 소는 몸이 무거운 데다 먹이를 사냥하지 않기 때문이다.

소 등에 고양이가 있을 것이라고 누가 상상이나 했을까!

찌르레기는 소가 오는 것을 보고도 날아가지 않았다. 소는 아름답고 뚱뚱하고 천진난만한 새 코앞까지 걸어갔다. 누나는 가장 뚱뚱한 새를 고른 뒤, 소의 등에서 뛰어올라 새를 낚아챘다. 그야말로 사냥의 달인이었다. 엄마는 누나의 활약에 감동했다. 푸른 눈망울에 눈물을 글썽이며 말했다.

"이렇게 똑똑한 고양이는 평생 처음 보는구나!"

누나가 어깨를 으쓱하며 말했다.

"엄마 덕분이에요. 어릴 때부터 엄마가 가르쳐주지 않았다면 절대 못 잡았을 거예요."

엄마와 누나는 다정하게 뽀뽀했다.

나는 발톱을 보이며 으르렁거렸다. 엄마가 머리를 내저으며 말했다.

"이런, 버프. 네가 어릴 때 조금이라도 배웠으면 얼마나 좋았을까. 그럼 지금 네 누나만큼 똑똑해졌을 거야. 지금은 그저 골칫덩어리처럼 보이는구나."

"왜 내가 골칫덩어리예요?"

나는 힘껏 털과 꼬리를 부풀렸다. 얼마나 화가 났는지 엄마에게 보여주고 싶었다. 엄마가 한숨을 쉬었다.

"그건 네가 아무짝에도 쓸모가 없기 때문이야. 너는 예쁘지도 않잖아. 쓸모없고 못생긴 고양이는 나중에..."

"어떻게 되는데요?"

나는 귀 끝까지 긴장한 채 물었다.

"사람들이 물에 빠뜨릴 수도 있어."

엄마가 조용히 속삭였다. 그리고 냉큼 몸을 돌렸다.

다음 날이 되었다. 사람들이 주방으로 들어오더니 나를 바구니에 넣었다. 그때 알았다. 오늘이 물에 빠지는 날이라는 것을. 어젯밤에 엄마에게 들은 무시무시한 이야기가 현실이 되고 있었다. 바구니에 커다란 돌 세 개가 있었으면 모든 게 끝이라고 생각했을지도 모른다.

바구니 안에 있는 것은 퍽 불편했다. 바구니가 자꾸 움직이는 바람에 여기저기 부딪혔다. 찬바람이 들어왔고 바닥도 딱딱했다. 다행히 아직 돌은 보이지 않았다.

마침내 바구니 뚜껑이 열리더니 위에서 커다란 산이 흔들거렸다. 금방이라도 우르르 무너지거나 날 짓누를 것만 같았다. 하지만 몸이 깔리는 일은 없었다. 그것은 산이 아니라 코끼리였으니까!

어떻게 내가 그곳에 가게 되었는지는 나중에 들었다. 사람들이 요리사에게 나를 보냈고, 요리사는 사촌에게 나를 보냈다. 사촌은 한 청년과 약혼한 사이였는데, 그 청년의 처남이 코끼리 조련사였다. 그때부터 나는 코끼리와 한 지붕 밑에서 살게 되었다. 이곳에는 우유도, 생선 꼬리와 머리도, 남는 고기 조각도 없었다. 향긋한 버터는 머나먼 꿈이 되었다.

코끼리는 아주 상냥했다. 한때 나와 같은 고양이와 친구였지만, 실수로 고양이를 밟았다고 했다. 나는 코끼리의 허전한 마음을 달래주는 존재가 되었다. 나는 코끼리가 나를 밟을 일은 없겠다고 생각했다. 그래도 커다란 발을 피하려면 전보다 부지런해져야 했다. 내가 뭘 먹어야 하냐고 묻자 코끼리가 말했다.

"쥐를 먹어야겠지. 원한다면 내 빵을 나눠줄게. 처음에는 맛있을 거야. 나중에는 싫증 나겠지만."

나는 빵을 먹고 싶지 않았다. 고양이인 내게 빵은 먹을거리로 보이지 않았다. 배가 너무 고팠다. 짚 사이로 쥐가 돌아다녔지만, 잡는 법을 모르니 바라보는 수밖에 없었다. 내가 쥐를 못 잡는 것을 보자 코끼리는 껄껄거리며 웃었다. 하지만 내가 계속 굶고 괴로워하는 것을 보고 말했다.

"사람들은 너한테 우유를 주지 않을 거야. 쥐를 안 잡으면 여기서도 쫓겨날걸. 넌 작고 귀여운 고양이야. 너랑 헤어지고 싶지 않아. 좋은 방법을 생각해보자."

그때 머릿속에 기발한 생각이 떠올랐다.

"고양이를 밟은 적이 있다고 했지?"

"뭐라고?"

코끼리가 나팔처럼 우렁찬 소리로 되물었다.

"미안해. 상처 주려던 건 아니었어."

코끼리가 이렇게 섬세한 동물일 줄이야. 나는 이어 말했다.

"방금 좋은 생각이 났어. 네가 쥐를 밟는 거야. 너무 세게는 말고 나중에 내가 먹을 정도로만."

코끼리가 긴 엄니를 내보이며 미소를 지었다.

"넌 예쁘장하거나 바르지는 않지만 제법 똑똑하구나."

말이 끝나자마자 코끼리는 커다란 발을 들어 올렸다가 내렸다. 발밑에는 쥐가 있었다. 그날 저녁, 나는 오랜만에 배불리 먹었다. 일주일 후, 조련사 아저씨가 말했다.

"참으로 영리한 고양이야. 쥐를 잘 잡는구나. 계속 데리고 있어도 되겠어."

그렇게 나는 코끼리와 계속 살게 되었다. 쥐를 잡고 나면 우유를 받아먹는 날도 있었다.

이 이야기의 교훈은 없다. 중요한 것은 어릴 때 어른 말씀을 잘 듣고, 많이 배워야 한다는 것이다. 운 좋게 나는 고양이답게 사는 법을 배웠지만 모두 나처럼 운이 좋지는 않다. 모든 고양이가 쥐를 잡는 코끼리와 친구가 될 수 없는 것처럼!

바보 같은 질문

"넌 어떻게 흰 고양이가 됐니? 네 동생들은 전부 얼룩무늬잖아."

돌리가 아기 고양이에게 물었다. 그리고 공을 갖고 놀던 아기 고양이를 들어 올린 뒤 얼굴을 바라보았다. 앨리스가 붉은 여왕에게 했던 것처럼.

"왜 그런지 말해줄게. 대신 비밀을 지켜줘야 해. 너무 꽉 안지도 말고."

아기 고양이가 말했다. 돌리는 아기 고양이의 대답을 듣고도 놀라지 않았다. 착한 아이들이 그렇듯 동화책을 읽었기 때문이다. 진심을 담아 말을 걸면 동물이 대답할 수 있다고 책에 나와 있었다. 돌리는 고양이를 살포시 안았다. 그렇게 이야기가 시작되었다.

"사랑하는 돌리야, 그거 아니?"

아기 고양이가 입을 열었다. 어디선가 들어본 듯한 말투였다.

"우리 고양이들은 아주 어릴 때 모험을 떠난단다."

돌리가 끼어들었다.

"어떻게? 넌 태어나자마자 우리 집으로 왔잖아. 하루도 집에서 떠난 적이 없는데."

아기 고양이가 대답했다.

"맞아. 우린 밤에 모험을 떠나. 주로 쥐를 잡으러 가지. 그래서 나도 밤에 모험을 떠나기로 했단다. 문에 처음 보는 구멍이 보이기에 쏙 하고 들어갔어. 그러자 눈앞에 크고 아름다운 방이 나타났어. 맛있는 냄새가 풍겨왔지. 치즈, 생선, 크림, 쥐, 우유... 그렇게 아름다운 방이라니 넌 상상도 못 할 거야."

"그런 방은 없..."

돌리가 또 끼어들었다.

"내가 언제 그런 방이 있다고 했니? 그런 방이 나타났다고 했지. 아무튼 나는 그곳에서 즐거운 시간을 보냈어. 살면서 그렇게 행복한 적은 없었지. 맛있는 청어 머리를 먹고 세수하고 있을 때였어. 못에 가죽이 걸려 있는 게 보였어. 거기에 뭐가 걸려 있었는지 알아? 바로 고양이 가죽이었어!"

아기 고양이가 나직한 목소리로 말했다.

"무서워 죽겠지?"

돌리는 무섭지 않았다. 빨리 얘기해 달라고 새끼 고양이의 몸을 흔들었다.

"내가 너무 무서워서 꼼짝 못 하는 동안 소름 끼치는 소리가 들렸어. 마구마구 문을 긁고, 컹컹 짖고, 낑낑대는 소리였지. 그때 앞에 커다란 괴물이 나타났어. 커다란 개 같기도 하고, 빗자루 같기도 하고, 식품 창고에서 요리사한테 쫓겨나는 기분이었어. 말로 표현할 수가 없네. 난 순식간에 괴물에게 붙잡혔어. 내 얼룩무늬 가죽은 문에 걸려버렸단다. 난 가죽을 뺏기고 간신히 아름다운 동화 나라에서 빠져나왔어. 그게 내가 흰 고양이가 된 이유야."

"그렇지만 전혀…"

돌리가 다시 끼어들었다.

"내 말을 못 믿겠다고? 네가 옷을 뺏겨서 손이 안 닿는 곳에 걸렸다고 치자. 엄마가 어떻게 했을까?"

"새 옷을 사주실 거야."

"맞아. 그래서 우리 엄마도 고양이 옷 가게에 갔어. 근데 마침 내게 맞는 얼룩무늬 옷이 떨어졌지 뭐야. 그래서 내가 흰 고양이가 된 거야."

"하나도 못 믿겠어."

돌리가 갸우뚱거렸다.

"못 믿겠다고? 그런 바보 같은 질문에 나처럼 재미있게 대답하는 고양이가 어디 있니?"

"그렇지만…"

"알았다, 알았어!"

아기 고양이가 발톱을 세우면서 말했다.

"그렇게 똑똑하면 네가 말해봐. 네 머리카락은 왜 갈색이지?"

"태어날 때부터 갈색이었으니까."

돌리가 부드러운 목소리로 말했다. 아기 고양이가 코웃음을 쳤다.

"넌 상상력이라고는 요만큼도 없구나!"

"아기 고양이야, 넌 분명히 태어날 때부터 흰 고양이었어. 똑똑히 기억하는걸."

"알면서 왜 물어보니? 태어날 때 흰 고양이였는지 나더러 기억해내라고? 태어났을 때 일을 내가 어떻게 알겠어?"

"넌 농담을 참 잘하는구나."

돌리가 어리둥절한 표정을 지었다. 아기 고양이는 분이 풀리지 않았다.

"뭐라고? 아직도 내 말을 못 믿는 거야? 앞으로 다시는 너랑 말 안 할 거야!"

아기 고양이가 씩씩거렸다. 그 후로 다시는 말을 하지 않았다.

얌체 고양이

"그래."

삼색 고양이가 회색 고양이에게 말했다. 회색 고양이는 왼쪽 귀를 꼼꼼히 닦던 중이었다.

"그동안 난 여러 집을 전전하며 살았어. 고양이라면 한 집에서만 살 수 없으니까. 첫 번째 주인은 구두장이였어. 구두장이와 사는 것은 나쁘지 않았어. 그 무시무시한 모습을 보기 전까지는.

어느 추운 겨울 아침, 사악한 구두장이는 신발에 무언가를 꿰매고 있었어. 내가 뭘 봤는지 알아? 구두장이는 숙녀

용 실내화에 고양이 털을 꿰매고 있었어!

난 야옹 하고 울었어. 구두장이는 우유를 달라고 하는 줄 알고 신발을 내려놓았지. 나를 퍽 좋아했거든. 난 우유를 마시고 냅다 도망쳤어. 그렇게 엉큼한 사람하고 어떻게 같이 살겠어?

두 번째 집은 어느 다락방이었어. 가난한 음악가가 바이올린을 만드는 곳이었지. 바이올린은 고양이의 울음과 비슷한 소리를 내. 만지면 야옹 소리가 나지. 고양이 소리를 내는 악기를 만드는 사람과 사는 것은 즐거웠어. 음악가는 너무 가난해서 굶는 날이 많았어. 그래도 내게는 늘 먹을 것을 주었지. 불을 피우지 못할 때는 나를 꼭 안아주기도 했어.

어느 날, 나는 음악가가 친구와 이야기하는 것을 들었어. (그 친구도 얼마나 빼빼 말랐던지!) 음악가는 죽은 고양이한테서 바이올린 줄을 구했다고 했어. 그러고 보니까 바이올린 소리가 우리 고양이 소리와 퍽 비슷했어. 그래서 야옹 소리가 났던 거야. 언젠가는 내 목소리도 빼앗아 갈지 몰라!

다음 날, 나는 고기 장수가 외치는 소리를 듣고 조용히 집에서 나왔어. 그리고 다시는 바이올린 만드는 남자를 보지 못했지.

얼마 후에 길거리에서 여자아이를 만났어. 그 아이는 부모님과 사는 집으로 나를 데려갔지. 그 가족은 부자였단다. 집에 커튼과 쿠션, 소파도 있었어. 사람들은 나를 보살펴주었어, 가끔은 마음이 상하지 않게 이탈리안 그레이하운드도 봐주었지. 물론 나를 더 좋아했지만 말이야. 나는 이 가족과 오랫동안 같이 살고 싶었어. 그런데 어느 해였을 거야. 사람들이 바닷가에 놀러 가면서 내 음식이랑 잠자리를 챙겨 주는 걸 깜박했지 뭐야. 그래서 바로 집에서 나왔어.

'우유 사세요! 우유 사세요!'

어디서 익숙한 소리가 들렸어. 나는 광장에 있는 버려진 저택 문 앞에 홀로 앉아 있었지. 우유 배달부도 나만큼이나 외로워 보였어. 그래서 같이 살아도 괜찮겠다 싶었어. 그래서 바로 따라갔단다. 우유 배달부는 착하지만 나랑 취향이 안 맞았어. 차를 마실 때 탈지유를 넣었는데, 나한테도 똑같은 것을 주더라. 그래서 다시는 집에 들어가지 않았어.

그 후에도 몇 번 집을 옮겨 다녔어. 정육점 주인은 마음씨 좋은 사람이라 계속 같이 살고 싶었어. 그런데 집에 개가 있는 게 문제였어. 개와 고양이가 한 지붕 밑에서 살 수는 없잖아? 그래서 그 집에서도 냉큼 나왔지. 이번에는 쫓기듯 빠져나왔어. 개가 얼마나 날 쫓아오던지!

지금은 은 세공자와 같이 살아. 지금 집에서는 매일 크림을 먹어. 크림 넣는 주전자를 만드는 사람이거든. 크림 얘기를 하니 군침이 도네. 이렇게 좋은 주인은 이 세상에 또 없을 거야. 참, 너는 어디에 사니?"

회색 고양이가 대답했다.

"다락방에 사는 가난한 아주머니랑 살아. 난 한 번도 배불리 먹어본 적이 없어."

회색 고양이의 몸은 빼빼 말라 보였다.

"그런데 왜 그 아주머니랑 살아?

"사랑하니까."

"하, 사랑이라니!"

삼색 고양이가 코웃음을 쳤다.

"말도 안 돼. 그런 말은 들어본 적도 없어."

"참으로 불쌍한 고양이구나!"

창가에 앉아 있던 앵무새가 말했다. 회색 고양이는 삼색 고양이에게 하는 말이라고 생각했고, 삼색 고양이는 회색 고양이에게 하는 말이라고 생각했다. 앵무새는 과연 누구에게 한 말이었을까?

요 말썽꾸러기!

나는 갓난아기 때 엄마와 떨어졌다. 그때부터 이 넓은 세상에 혼자 던져졌다. '밥 주세요'와 '고맙습니다'라는 말을 배우거나, 세상이 얼마나 각박한지 배우기 훨씬 전부터 말이다.

내가 절대 이해하지 못하는 것이 있다. 바닥에 있는 접시에 담긴 우유와, 식탁에 있는 주전자에 든 우유가 뭐가 다

를까? 다른 고양이들이 아무리 말해줘도 도저히 모르겠다. 접시에 있으나 주전자에 있으나 맛은 똑같은데!

주전자에 든 우유를 마시는 것은 어렵다. 주전자로 우유를 마시는 법을 아는 고양이가 있다면 상을 줘야 한다. 이 세상은 내 생각과 다르게 돌아간다. 생각이 다르다는 건 퍽 서러운 일이다. 그것 때문에 내가 얼마나 힘들었는지 아무도 모를 것이다.

첫 번째 사건은 6월의 화창한 날에 일어났다. 그날은 햇살이 내리쬐서 온 세상이 아름답게 보였다. 그래서 생생히 기억난다.

내가 좋아하는 생선 장수가 있다. (만세! 이 고귀한 자에게 경배를!) 이 생선 장수로 말할 것 같으면, 늘 나를 위해 생선을 갖고 온다. 그러면 나는 요리사가 생선을 받아 요리할 수 있도록 해준다. 나는 점잖은 고양이이다. 그래서 항상 가족이 먼저 먹을 때까지 기다린다. 그 후에 뒷문에서 조용히 나만의 식사를 즐긴다.

그날은 생선 장수가 연어를 가져왔다. 나는 연어를 구우러 가는 요리사를 뒤따라갔다. 나쁜 개들이 내 생선을 빼앗아 갈 수도 있으니까. 나는 주방 문이 열린 것을 보고 안으로 들어갔다. 식탁에는 아침이 차려져 있었고, 차 쟁반에 주전자가 있었다.

나는 식탁을 가로질러 주전자 쪽으로 걸어갔다. 안에는

우유가 들어 있었다. 주전자 주둥이는 넓고 컸다. 그때 조심성 없는 하인이 나타나지만 않았으면 우아하게 아침을 먹었을 것이다. 하인은 갑자기 방으로 들어와 날 보더니 소리쳤다.

"쉬이, 저리 가!"

나는 예민한 고양이답게 까무러치게 놀랐다. 그 바람에 주전자가 쓰러졌다. 우유가 식탁보를 따라 흘렀다. 새 양탄자에 우유가 쏟아졌다. 괘씸하게도 하인은 자기 실수를 감추려고 털 솔로 마구 날 때렸다. 그리고 뒷문으로 나를 내쫓았다. 마음씨 좋은 똥보 요리사도 그날은 내게 먹을 것을 주지 않았다. 참 나! 내가 연어 맛을 보지 못한 것을 생선 장수는 알까?

그래도 나는 생선 장수를 무척 좋아한다. 물론 직접 말한 적은 없다. 어릴 때부터 고양이 말밖에 할 줄 몰랐기 때문이다. 생선 장수는 영원히 내 마음을 모르겠지.

나의 불운담은 여기서 끝나지 않는다. 그날은 오후에 손님이 오기로 한 날이었다. 사람들은 손님을 맞이하기 위해 최고급 도자기 그릇을 꺼냈다. 어디를 봐서 최고급이라는 걸까? 파란색, 금색, 빨간색 바탕에 왕관 달린 그릇이 연보라색 방울이 그려진 흰 그릇보다 뭐가 낫다는 거지? 난 도통 모르겠다. 어디에 들어 있으나 우유 맛은 똑같은데!

　나는 손님이 오기 전에 거실로 나갔다. 모든 게 완벽히 준비됐는지 내 눈으로 보기 위해서였다. 차를 끓이는 동안 나는 평소처럼 식탁 위로 올라갔다. 접시에 먹을 것이 있나 봤지만 아무것도 없었다. 대신 우유 주전자에 먹음직스러운 게 들어 있었다. 바로 크림이었다.

　우유 주전자의 주둥이는 좁고 가늘었다. 도저히 머리를 집어넣을 수 없었다. 그래서 앞발로 주전자를 기울였다. 그러자 쿵 하고 주전자가 쓰러졌다. 나는 얼어붙었다. 그리고 이내 크림을 핥아 먹었다. 그때 먹은 크림 맛은 절대 잊지 못할 것이다.

　그때 앙칼진 소리가 들렸다.

　"쉬이, 저리 가!"

　불안한 예감은 늘 현실이 되는 법. 문이 열린 것을 보자마자 나는 본능적으로 식탁에서 뛰어내렸다. 그러다 은색 쟁반 손잡이에 발이 걸려버렸다. 쟁반과 함께 나는 식탁에서 굴러떨어졌다. 다행히 나도, 쟁반도 멀쩡했지만 웬걸, 최고급 도자기가 와장창 깨지고 말았다.

　나는 고개를 들어 주변을 보았다. 때마침 가족이 들어왔다. 그 순간 표정을 보고 알았다. 괘씸한 하인들이 방해한 내 식사, 맛있는 음식보다 더 소중한 것을 잃게 될 거라는 것을. 나는 꽁무니가 빠지게 도망쳤다. 그날 황금빛 오후, 나는 집을 떠나 정처 없이 떠도는 신세가 되었다.

　지금은 천사 같은 아가씨와 산다. 이 혼기가 지난 아가씨는 차를 마실 때 연유를 넣는다. 아침저녁으로 내게 크림도 준다. 고기는 말할 것도 없고!

　생선 장수는 여전히 나를 위해 우리 집에 생선을 갖다 준다.

아홉 개의 목숨

"엄마! 고양이는 정말 목숨이 아홉 개예요?"
노란색 고양이가 물었다.
"그렇단다, 아가야."

얼룩무늬인 엄마 고양이가 대답했다. 예쁘장하게 생긴 엄마 고양이는 지금 사는 집이 마음에 들었다. 목에 파란색 리본을 맨 엄마 고양이가 터키산 융단에 앉아 말했다.

"엄마는 지금 아홉 번째 삶을 살고 있단다."

"쭉 이 집에서 살았어요?"

"그렇지는 않단다."

흰색 고양이가 졸린 눈을 비비며 물었다.

"저 융단이 태어났을 때부터 여기서 살았어요? 로버는 몇 달밖에 안 됐다고 했거든요."

"아니란다. 내가 이 집에 살게 된 건 이 융단이 있어서이기도 해. 얼마나 보드라운지!"

"그 전에는 어디서 살았는데요?"

검은색 고양이가 물었다.

엄마 고양이가 몽롱한 표정을 지으며 말했다.

"한두 군데가 아니란다."

엄마 고양이가 천천히 말했다.

"너희가 얌전히 굴면 전부 얘기해주마. 골디! 의자에서 내려와. 얌전히 앉아 있어야지. 스위프! 가구 긁지 말고 이리 와. 그러다 또 혼날라. 스노우볼! 너는 또 자고 있구나. 그렇게 자면 얘기 안 해줄 거야."

스노우볼이 잠에서 깨려고 머리를 흔들었다. 다른 고양이들은 벌써 엄마 고양이 앞에 앉아 있었다. 다들 얌전히 꼬리를 내리고 이야기가 시작되기만을 기다렸다.

엄마 고양이가 입을 열었다.

"엄마가 태어난 곳은 어떤 헛간이었단다."

"헛간이 뭐예요?"

검은색 고양이가 물었다.

"헛간은 집이랑 비슷한 곳이란다. 방은 하나고 융단도 없어. 오직 지푸라기만 있단다."

"저도 헛간에 가고 싶어요."

노란색 고양이가 말했다. 노란색 고양이는 커다란 식료품 상자 안에서 지푸라기와 노는 것을 좋아했다. 엄마 고양이가 인자한 말투로 말했다.

"나도 너처럼 어릴 때는 헛간을 좋아했단다. 하지만 헛간은 아기 고양이가 살기 좋은 곳은 아니야. 할머니는 사람들과 작은 불화가 있었어. 물론 아기들이 태어난 후에도 그 집에서 쭉 살았지만. 그래서 할머니는 집을 떠나기로 했단다. 아기들을 데리고 헛간으로 이사하기로 했지. 헛간에서 사는 건 전혀 다른 삶이었단다."

"불화가 뭐예요?"

스위프가 물었다.

"모든 건 주인아주머니가 차에 넣으려고 했던 크림 때문이었어. 미리 말을 해줬으면 좋았을 텐데. 할머니는 사람이

먹는 크림에는 절대 손을 대지 않았단다. 늘 남을 먼저 생각했으니까."

"차가 뭐예요?"

"갈색 우유 같은 건데 아주 쓰단다. 너희는 절대 먹으면 안 돼. 엄마는 헛간에서 이모, 삼촌들과 몇 달 동안 행복하게 살았단다. 그때는 너무 어려서 헛간에서 살고 지푸라기랑 노는 게 얼마나 저속한지 몰랐어."

"저속이 뭐예요?"

엄마 고양이가 머뭇거리며 말했다.

"다른 고양이들과 똑같다는 뜻이란다."

"다른 고양이들은 헛간에 살아요?"

"그렇지는 않지만, 헛간에 살면 품위를 지킬 수 없단다. 저속하다는 것은 품위가 없다는 뜻이야."

"아, 그렇구나!"

검은색 고양이와 노란색 고양이가 대답했다. 둘 다 엄마의 말을 이해한 것처럼 보이려고 애썼다. 하지만 흰색 고양이는 아무 말도 하지 못했다. 다시 잠이 들었기 때문이다. 엄마 고양이가 이어 말했다.

"우리 가족은 한동안 농장에서 살았단다. 난 농장이 맘에 들었어. 우유 농장과 창고 문이 닫혀 있는 것만 빼고는. 이런, 전부 얘기하다가는 요 녀석들이 다 곯아떨어지겠구나.

농장에서는 그리 오래 살지 않았어. 곧 마구간으로 이사

했거든. 마구간에서 사는 것도 즐거웠단다. 말들이 얼마나 상냥하던지. 마구간은 엄마의 세 번째 집이 되었단다.

네 번째 삶은 방앗간에서 살게 되었어. 방앗간 아저씨가 곡식을 사러 농장에 들렀거든. 방앗간 아저씨는 나를 참 예뻐하셨단다. 만나는 사람마다 엄마를 예뻐했지만 말이야. 방앗간 아저씨와 농부 아저씨는 곡식 가격을 놓고 실랑이를 벌였어. 한동안 흥정하다가 방앗간 아저씨가 말했어.

'이보시오, 저 고양이를 덤으로 주면 당신이 말한 가격에 사겠소.'"

아기 고양이들이 몸서리를 치며 물었다.

"덤이 뭐예요? 연못 같은 거예요? 엄마가 거기에 빠졌어요?"

"빠졌다고도 할 수 있겠지. 그런데 덤은 연못이 아니란다. 그날 아저씨들이 술을 마시면서 흥정하는 바람에 축축해지기는 했지만 말이야. 그렇게 나는 방앗간으로 가게 됐단다. 방앗간에서 사는 것도 좋았어. 쥐도 많이 잡아먹고!"

"누가 쥐를 잡아먹어요?"

흰색 고양이가 물었다. 잠깐 잠이 깬 모양이었다. 엄마 고양이가 대답했다.

"엄마 말이야! 그 방앗간에서는 꽤 오래 살았어. 더 오래 있고 싶었지만 그러지 못했단다. 아저씨 동생이 다른 고양이를 보냈거든. 그래서 아저씨는 강을 오가는 거룻배 사공

에게 나를 보냈단다. 아마 배가 지나갈 때 나를 보고 싶어서 그랬을 거야.

거룻배에서 사는 것은 정말 재미있었어. 쥐가 아주아주 많았거든. 너희만 한 쥐도 있었지. 엄마는 배에서 쥐를 퍽 잘 잡았단다. 가끔 고생도 했지만 말이야. 쥐를 잡고 나면 아저씨가 상으로 우유를 주었어. 우유를 먹고 나면 따뜻한 침대에서 스르르 잠이 들었지. 밤에는 아저씨가 사는 작고 아늑한 오두막에 갔단다. 따뜻한 난로 앞에 앉아 몸을 녹였지.

뱃사공 아저씨는 엄마를 많이 아꼈단다. 종종 재미있는 이야기도 들려주었지. 혼자 거룻배에 있으면 대화상대가 그리운 법이거든. 아저씨는 정말 친절한 분이었어. 그래서 아저씨가 고양이를 싫어하는 여자와 결혼했을 때 무척 슬펐단다. 그 여자는 삿대를 휘두르면서 배에서 나를 내쫓았어."

"삿대가 뭐예요?"

노란색 아기 고양이가 기지개를 켜며 물었다.

"배의 다리와 비슷한 거란다. 그래서 난 숲으로 도망쳤어. 그곳에서 새와 토끼를 잡아먹으면서 살았지."

"토끼가 뭐예요?"

"고양이와 비슷한 동물인데 귀가 아주 길단다. 몸에도 좋고 영양분이 많지. 사냥터지기만 아니면 여섯 번째 삶은 나쁘지 않았단다. 참, 사냥터지기가 뭐냐고 물어볼 거지? 사냥터지기는 고양이나 토끼를 보고 총을 쏘는 사람이란다. 그러면 빵! 하고 커다란 소리가 나지. 너희는 꼬리가 빠져라 도망칠 거야."

"아이, 무서워라!"

아기 고양이들이 한목소리로 말했다.

"엄마는 일곱 번째 집을 찾고 있었어. 사냥터지기는 강가에 멍하니 앉아 있었지. 그때 작은 소녀가 강가에 왔단다. 체크무늬 원피스를 입은 귀여운 아이였지. 소녀는 날 보고 불렀어.

'야옹아, 야옹아!'

나는 소녀에게 천천히 다가가 다리에 몸을 비볐어. 소녀는 날 들어 올리더니 체크무늬 원피스로 감싸 집으로 갔단다. 일곱 번째 집은 작은 오두막집이었어. 소녀는 어머니와 함께 그 집에서 살았단다. 소녀는 나를 많이 좋아했고, 나도 그 아이를 참 좋아했어. 하지만 사람이 고양이를 아끼는 것처럼 고양이는 사람을 무작정 따르지 않는단다."

"왜요?"

노란색 고양이가 물었다. 작고 사랑스럽게 생긴 고양이였다.

"그들은 사람이고 우리는 고양이이기 때문이야."

엄마 고양이가 대답했다. 그리고 크고 푸른 눈으로 골디를 바라보았다. 골디는 '아!' 하고 말한 뒤 아무 말도 하지 않았다.

"그다음에는 어떻게 됐어요?"

검은색 고양이가 물었다.

"어느 날, 소녀는 바구니에 나를 넣고 밖으로 나갔단다. 엄마는 아이가 들 정도로 날씬하고 가벼웠거든. 소녀는 가는 내내 몇 번이고 뚜껑을 열어 내게 뽀뽀하고 날 쓰다듬어 줬단다. 우리는 아픈 소녀가 누워 있는 방으로 갔어. 소녀가 친구에게 말했어.

'생일 선물로 뭘 줘야 할지 몰라서 내 고양이를 데려왔어.'

아픈 소녀는 천진난만한 눈빛으로 나를 보더니 어루만져 주었어. 아픈 사람은 좋아하지 않지만, 그때는 기분이 좋았고 우쭐한 기분이 들었어. 그런데 아픈 소녀와는 오래 같이 살지 못했단다."

"왜요?"

아기 고양이들이 한목소리로 말했다.

"그건 말이지... 아니야, 이 이야기는 너무 슬퍼서 아기들에게는 말해줄 수 없구나. 너희가 좀 더 크면 얘기해주마."

"그게 내 여덟 번째 삶이죠?"

스위프가 발톱으로 숫자를 세면서 물었다.

"아까 목숨이 아홉 개라고 했잖아요. 아홉 번째는 뭐예요?"

"바로 지금이란다, 아가들아."

엄마 고양이가 꼿꼿이 앉더니 아기 고양이의 얼굴을 힘껏 핥아주었다.

"지금이 내 마지막 삶이란다. 그래서 뭐든 조심해야 해. 먹고 마실 때도 늘 조심하지. 하루 종일 잠만 잘 때도 많아. 너희는 지금 첫 번째 삶을 살고 있는 거란다. 스노우볼, 계속 그렇게 쿨쿨 잘 거니? 어서 쥐를 잡으러 가렴."

"알았어요, 엄마!"

말이 떨어지기 무섭게 스노우볼이 곯아떨어졌다. 엄마 고양이가 말했다.

"이런, 너는 다음에 씻겨주마. 잠부터 깨야겠어."

"스노우볼은 맨날 잠만 자요."

노란색 고양이가 기지개를 피며 말했다.

"쟤는 이야기에 관심이 없나 봐요. 아주아주 긴 이야기였어요!"

"좋은 이야기는 아무리 들어도 질리지 않는단다."

엄마 고양이가 긴 얼룩무늬 꼬리를 내려다보며 말했다.
"꼬리는 길면 길수록 좋고!"

강아지 이야기

팅커

내 이름은 스텀스. 내 주인은 꼬마 아가씨이다. 모든 사람이 그렇듯 이 작고 귀여운 소녀에게도 흠이 있다. 물론 나는 흠이라고는 눈 씻고도 찾을 수 없는 완벽한 개지만 말이다. 우리 꼬마 아가씨의 흠은 품위가 없다는 것이다. 정확히 말하면 다른 사람들의 품위를 떨어뜨린다는 것!

믿기지 않겠지만 데이지는 내가 이 집에 온 지 한 달도 되기 전부터 춤과 장애물 넘기를 가르쳤다. 나는 점잖고 땅딸막한 닥스훈트이다. 장애물 넘기는 내가 도저히 할 수 없는 재주인데도 데이지는 고집을 부렸다.

"자, 이제 넘어봐. 스텀스! 옳지!"

데이지는 작은 팔을 뻗었다. 나는 썩 내키지 않았다. 그래도 어쩌겠는가. 이 꼬맹이가 내 주인인 것을.

왜 고양이에게는 춤을 가르치지 않을까? 더 참기 힘들었던 것은 내가 이 진저리나는 재주를 배울 때, 고양이는 아무것도 하지 않고 멍하니 앉아 있다는 것이다. 마치 내 불행을 보고 비웃기라도 하는 것처럼. 트랩은 재주를 배울 수 있는 것은 영광이라고 했다. 사람이 고양이를 가르치지 않는 것은 고양이가 지독히 멍청한 동물이라서나 뭐라나. 고양이 머릿속에는 쥐를 쫓고 보살핌을 받는 것 말고는 없다. 그래도 그게 핑계가 될 수는 없다. 말하지 못하는 인형에게도 춤을 가르치지 않는가? 물론 인형도 춤을 배우지는 못한다. 고양이만큼 멍청하기 때문이다.

데이지가 내게 가르친 것은 또 있다. 바로 뒷발 서기! 두 발로 일어설 때마다 얼마나 창피하고 아픈지 알까? 시간이 흐를수록 정들기는커녕 점점 싫어진다.

나처럼 땅딸막한 중년 개에게 뒷발 서기는 너무 우스꽝스럽고 부끄럽다. 그렇지만 습관의 힘은 무섭다. 이제 원하는 게 생길 때마다 두 발로 일어설 수 있게 됐으니까. 트랩도 곧잘 두 발로 설 줄 안다. 트랩은 내게 뒷발 서기가 뭐가 창피하냐고 했다. 역시 트랩은 생각이 없다. 게다가 그 녀석은 날씬하다고!

데이지의 가장 큰 실수는 바로 작년 여름에 있었다. 바로 나를 집에 두고 외출한 것이다. 그날은 너무 더워서 편히 쉬고 싶었다. 길에 먼지가 풀풀 날릴 게 뻔했다. 데이지는 시내에 있는 가게에 간다고 했다. 가게에서는 목마른 개에게 물을 주지 않는다. 농장에 가는 거였으면 분명 따라갔을 텐데. 농장에서는 손님을 대접할 줄 안다. 농장 아주머니는 우리가 가면 항상 맛있는 우유를 내어주었다. 게다가 그날은 몸이 별로 좋지 않았다. 나는 오리고기를 먹으면 늘 어지럽다. 우리 가족도 그렇다. 그래서 나는 집에 남기로 했다.

데이지는 굴렁쇠와 함께 트랩을 데리고 나갔다. 그날 나도 따라가야 했다. 트랩은 늘 천하태평인 데다 굴렁쇠는 쓸모 있는 조언을 해주지 못하니까. 트랩은 그날 일에 대해 열심히 설명했지만, 그 녀석은 말솜씨가 없다. 불쌍한 녀석!

아마 연극이 열리는 광장을 지나갈 때였을 것이다. 데이지는 아이들이 개 한 마리를 쫓아가는 것을 보았다. 그런데 아뿔싸, 꼬리에 양철 냄비가 묶여 있는 게 아닌가! 양철 꼬리 개는 대장간 옆에 있는 빈 개집으로 쏙 들어갔다. 그리고 개집에 앉아 아이들에게 으르렁거렸다. 데이지가 다급히 소리쳤다.

"못된 아이들이구나. 저리 가! 강아지를 괴롭히면 못 써!"

아이들이 가지 않고 버티자 데이지가 말했다.

"좋아, 그러면 트랩한테 이를 테야."

데이지는 트랩에게 작게 속삭였다. 트랩이 컹컹 짖었다. 무서워진 아이들은 더 이상 다가오지 않았다. 개가 짖는 게 뭐가 무섭다고. 제풀에 지친 아이들은 결국 떠났다. 아이들이 사라지자 데이지는 잔뜩 겁에 질린 개에게 나오라고 했다. 그리고 양철 냄비가 묶인 줄을 풀어주었다. 문제는 바로 여기서부터였다. 데이지가 그 떠돌이 개를 집으로 데려온 것이다. 데이지는 개를 깨끗이 씻겨주고, 심지어 우리 그릇과 똑같은 그릇에 먹을 것도 주었다.

트랩은 떠돌이 개를 보자마자 친구가 되었다. 하, 자존심도 없는 녀석! 하지만 난 트랩과 다르다. 그래서 내 임무에 충실하기로 했다.

나는 이 낯선 불청객이 움츠릴 때까지 으르렁거렸다. 처음 보자마자 그 녀석이 뛰어넘기나 뒷발 서기를 배운 적이 있다는 것을 알았다. 재주라면 치가 떨릴 정도로 싫지만,

그렇다고 점잖지 못한 개까지 그런 재주를 배워야 하는 것은 아니다.

데이지는 떠돌이 개에게 '팅커'라는 이름을 지어주었다. 처음 봤을 때 양철 냄비를 달고 있었기 때문이다. 데이지는 내가 그 녀석과 친해지길 바랐다. 내 친구는 내가 골라야 하는 거 아닌가?

사람들은 팅커가 했던 일을 두고 호들갑을 떨지만, 그 녀석이 한 것이라고는 물어뜯은 것뿐이다. 개가 무는 것은 당연한데 뭐가 대단하다는 걸까? 아무리 생각해도 모르겠다. 사람들은 팅커를 칭찬하고, 쓰다듬고, 새 목걸이를 걸어주고, 심지어 남의 뼈다귀까지 주었다. 개가 무는 게 뭐 대단하다고! 아무리 생각해도 이해되지 않는다. 게다가 짖는 것도 무는 것만큼 좋은 거 아닌가? 나도 열심히 짖었는데. 내가 상관할 일도 아닌데도 말이다.

데이지는 런던에 사는 사촌 집에 가면서 트랩을 데리고 갔다. 왜 내가 아니라 트랩을 데려갔을까? 왜 그 녀석을 데려갔는지는 알 길이 없다. 트랩처럼 덤벙거리는 애송이보다 나처럼 의젓한 개를 데려가는 게 훨씬 좋을 텐데. 나중에 트랩은 왜 데이지가 자신을 데려갔는지 설명해주었다. 나처럼 무거운 개를 데려가면 삯값을 더 내야 한다나 뭐라나. 참 나, 개가 무거우면 돈을 더 받는다는 말은 들어본 적도 없다. 내가 무슨 버터람?

아무튼 그날 데이지는 트랩과 함께 갔다. 데이지 부모님
도 함께 말이다. 그래서 집에는 하인들과 팅커, 나만 남았
다. 우리는 즐거운 시간을 보냈다. 물론 데이지가 보고 싶
었지만, 주방에 평소보다 먹을 게 많았다. 하인들은 우유를
가지러 가거나 정원사와 수다를 떨러 갈 때 식탁에 음식을
두고 갔다. 개와 음식을 같이 두면 어떻게 될지 불 보듯 뻔
한데!

우리 집에 생선을 배달하는 털모자를 쓴 청년이 있었다.
놀라운 점은 생선을 싫어하는 요리사가 그 청년과 일요일
오후에 산책하러 나갔다는 것이다.

아무튼 그날 하인들은 청년에게 차를 권하며 주방으로 안
내했다. 여기까지는 아무 문제 없었다. 그런데 팅커가 손님
이 있는 내내 으르렁거리는 게 아닌가? 결국 요리사는 청년
이 떠날 때까지 식기실에 우리를 가둬놓았다. 나는 아무 잘
못도 안 했는데 말이다. 정말이지 이 세상은 불의와 불신이
가득한 곳이라니까.

밤이 되자 하인들은 자러 갔다. 나와 팅커는 평소처럼 복
도 탁자 밑에 있는 바구니에 들어갔다. 그런데 갑자기 팅커
가 안절부절못하기 시작했다. 아무래도 소리를 잘못 들은
게 분명했다. 팅커도 자신이 왜 불안한지 모르겠다고 했다.
팅커는 잠도 안 자고 계속 복도를 서성거렸다. 마치 뼈다귀
를 숨겨야 하는데 숨길 곳을 못 찾은 개처럼.

"제발 가만히 좀 있어. 어서 자. 집에서 사는 개는 밤에 자는 것도 몰라?"

팅커가 풀이 죽은 목소리로 말했다.

"잠이 안 와. 나도 내가 왜 이러는지 모르겠어."

나는 깜빡 잠이 들었다. 그때 식기실에서 긁는 소리가 났다. 짖을 생각은 없었다. 내가 상관할 일이 아니니까. 친척 아저씨들은 내가 집을 지킬 줄 모른다고 했다. 나는 팅커가 짖을 것이라고 생각했다. 그런데 녀석은 짖지 않았다. 그저 귀를 쫑긋 세우고 꼬리를 세우고 있었다. 팅커가 조용히 기다리는 동안 계속 긁는 소리가 났다. 팅커가 속삭였다.

"살고 싶으면 아무 소리도 내지 마. 내가 보고 올게."

그러더니 팅커는 식기실로 살금살금 걸어갔다. 집 안은 어두컴컴했다. 개도 고양이만큼 어둠 속에서 잘 볼 수 있다. 고양이처럼 자기들만 밤눈이 밝은 것처럼 떠벌리지 않을 뿐이다.

창밖에 웬 남자가 있었다. 나는 꼬리로 팅커를 살짝 쳤다. 나는 지금 짖어야 한다고 말했다. 하지만 팅커는 꿈쩍도 하지 않았다. 남자는 유리창이 빠질 때까지 계속 긁어댔다. 유리창은 매우 작아서 간신히 손만 넣을 수 있었다. 마침내 유리창이 빠지자 남자는 쑥 하고 손을 넣었다. 기다란 팔이 잠금장치로 향했다. 남자가 걸쇠를 풀려고 할 때였다. 팅커가 창턱에 뛰어올라 남자의 손을 냅다 무는 게 아닌가!

놀란 남자가 밀치자 팅커가 창턱에서 떨어졌다. 팅커는 재빨리 남자의 손을 다시 물었다. 유리창을 사이에 두고 남자의 손이 질질 끌려다녔다. 팅커는 손가락을 물고 늘어졌다. 그러자 남자가 다른 유리창을 부수고 다른 손을 넣으려고 했다. 남자는 어떻게든 팅커를 떼어내려고 했지만, 팅커는 절대 놔주지 않았다. 나는 생각했다.

'지금이야말로 짖을 때야!'

나는 있는 힘을 다해 짖었다. 물론 품위를 지키면서 말이다. 물론 나는 집 지키는 개도 아니고, 내가 상관할 일도 아니었지만.

얼마 되지 않아 정원사들이 내려왔다. 팅커는 남자의 손을 물고 놓지 않았다. 몰래 집에 들어오려고 했던 남자는 감옥에 갇히고 말았다. 이 도둑은 알고 보니 털모자를 쓴 청년이었다. 사람들은 팅커가 얼마나 용감한지 침이 마르도록 칭찬했다. 이때만 해도 녀석에 대한 내 생각은 변함이 없었다.

사건은 또 있었다. 어느 날 아침, 나는 트랩, 팅커와 함께 숲으로 놀러 갔다. 나는 지난 일은 잊어버리고, 대인배답게 팅커를 가족으로 받아들이기로 했다. 팅커가 풀숲에서 뛰어 노는 동안, 트랩과 나는 총총 걸으며 수다를 떨었다. 그때 였다. 팅커가 숲으로 달려가더니 난데없이 토끼를 물고 왔 다.

데이지가 오기 전에 팅커가 토끼를 다 먹어 치우기는 힘 들어 보였다. 토끼를 잡은 것을 들키면 혼이 날 게 뻔했다. 그래서 나는 팅커가 토끼를 먹는 것을 도와주었다. 친구라 면 당연히 도와줘야 하니까. 팅커가 잡은 토끼는 어려서 살 이 부드러웠고, 털도 별로 없었다. 털이 많으면 목구멍에 걸릴 수도 있고, 이빨에 낄 수도 있다.

우리는 데이지가 오기 전에 간신히 토끼를 먹어 치웠다. 트랩은 입도 대지 않았다. 그 녀석은 곤경에 처한 친구를 도울 마음이 없는 모양이다. 내가 인정 많은 개인 걸 어쩌 겠는가?

그 일이 있고 나서 나는 팅커와 친구가 되기로 했다. 썩 마음에 드는 녀석은 아니었지만, 우리는 곤경을 헤쳐 나간 사이가 되었다. 누구든 자신을 도와주면 마음의 문이 열리 는 법이다. 그 후에도 팅커는 몇 번이나 토끼를 잡았고, 그

때마다 나는 친구의 곁을 지켰다. 앞으로도 그럴 것이다. 모름지기 친구라면 등을 돌리면 안 된다고 믿기 때문이다.

이제 팅커는 우리와 똑같은 목걸이를 걸고 있다. 소꿉놀이를 할 때 마주 보고 앉아 있어도 부끄럽지 않다. 우리는 친구니까!

쥐잡이의 명수

"쟤는 코가 없나 봐."

주인아저씨가 한숨을 쉬며 말했다.

"얼굴은 참 잘생겼는데. 코가 없어."

나는 기분이 나빴다. 내게는 길고 검은 예리한 코가 있었기 때문이다. 거기에 부츠와 장갑을 낀 것 같은 갈색 발에, 매끄럽고 윤기가 흐르는 검은색 털까지. 그렇다, 나는 자랑스러운 맨체스터 테리어이다. 훌륭한 맨체스터 테리어답게 내 외모는 부족함이 없었다.

목은 수컷 오리처럼

머리는 뱀처럼

꼬리는 방울뱀처럼

발은 고양이처럼 생겼다네

이런 내게 코가 없다니!

케리가 내 코가 잘못됐다는 게 아니라, 쥐 냄새를 못 맡는다고 말한 것이라고 설명해주었다. 케리는 쥐를 퍽 잘 잡았다. 그리고 툭 하면 자신이 얼마나 쥐를 잘 잡는지 자랑했다. 케리는 말했다.

"형은 코가 없는 게 분명해. 배 위로 쥐가 지나가도 모를 걸."

나는 코를 치켜세웠다. 이 멋지고 예리하고 잘생긴 코를 두고 그런 말을 하다니. 난 대꾸도 하지 않고 자리를 떠났다.

몇 주 후, 주인아저씨가 흰 쥐 몇 마리를 데리고 왔다. 케리는 집에 없었다. 아저씨는 우리 사이로 쥐를 보여주더니 부츠와 막대기도 보여주었다. 내게 냄새 맡는 코는 없을지 몰라도, 어떻게 일이 흘러갈지 알아챌 눈치는 있었다. 참, 쥐가 두 마리였다고 내가 말했던가?

서재는 우리가 들어가면 안 되는 방이었다. 아저씨는 서재 탁자에 쥐가 든 우리를 올려놓았다.

그날 밤, 모두 잠들었을 때 나는 케리에게 말했다.

"나한테 코가 없다고 했지? 지금 쥐 냄새가 나는걸."

케리가 무시하듯 킁킁거렸다.

"냄새가 난다고?"

케리가 바구니에서 몸을 둥글게 말았다.

"형은 코끼리가 서랍장에 있어도 못 맡을걸."

나는 화를 꾹 참고 대답했다.

"내가 몸이 아픈 거 알지? 그래서 직접 보러 가고 싶은데 갈 수가 없어. 저기에 쥐가 있어. 아까부터 냄새가 났거든. 지금 서재에 있는 것 같아."

케리가 퉁명스레 말했다.

"빨리 잠이나 자. 잠꼬대하지 말고."

나는 발끈했다.

"그러니까 네가 갔다 올래? 난 몸이 안 좋아서 말이야."

케리가 바구니에서 나왔다.

"그럼 내가 보고 올게. 형이 하도 고집을 부려서 가는 거야."

케리가 서재로 들어갔다. 그리고 얼마 지나지 않아 주방으로 돌아왔다. 케리가 온몸을 부르르 떨며 흥분한 목소리로 말했다.

"형, 형!"

"봤어?"

"쥐가 있어."

케리가 작게 속삭였다.

"진짜 서재에 쥐가 있다고."

"들어가봤어?"

"아니, 서재에 들어가면 안 되잖아. 근데 쥐 냄새가 났어. 여기서는 하나도 안 났는데."

케리가 마지못해 말했다.

"형처럼 냄새 잘 맡는 개는 처음 봐."

내가 물었다.

"이제 어쩔 거야?"

"어쩔 수 없지. 서재에는 들어가면 안 되니까."

"이런."

나는 혀를 끌끌 차며 말했다.

"이럴 때는 규칙을 어겨도 돼. 쥐를 잡는 게 네 일이잖아. 어디에 있는지는 중요하지 않아."

말이 끝나기가 무섭게 이 털이 뻣뻣한 사냥개는 곧장 서재로 갔다. 그리고 우리에서 쥐를 꺼내 몽땅 죽여버렸다.

다음 날 아침, 주인아저씨가 내려와 케리를 흠씬 혼내주었다. 아저씨는 내가 쥐에 손도 대지 않았다는 것을 알고 있었다. 게다가 나는 몸이 아프다. 그래서 집에서 아무도 날 의심하지 않았다. 나는 케리에게 쥐 냄새는 맡았지만 흰색인 줄은 몰랐다고 했다. 흰 쥐는 건드리면 안 되는 쥐이다. 물론 그 전에 흰 쥐를 보았다는 말은 쏙 뺐다.

내가 냄새를 잘 맡는다는 것을 알고 나서 더 이상 케리는 날 무시하지 않는다. 덕분에 내 삶은 훨씬 평화로워졌다. 이제 케리는 쥐잡이에 관심이 없다. 한동안 쥐는 쳐다도 안 보겠지?

통쾌한 복수

분명히 바구니 안에 개가 있었다. 복도 끝에 있는 바구니에서 꼼지락거리는 소리가 났다. 우리는 킁킁거렸다. 왜 밖으로 나오지 않을까? (바구니 덮개는 끈으로 꽉 조여 있었다.) 로이가 입을 열었다.

"거기 있는 게 좋아?"

내가 말했다.

"얼굴 좀 보여줘."

로이가 긴 털북숭이 꼬리를 흔들며 말했다.

"부끄러운가 봐."

바구니에서 작게 으르렁대는 소리가 났다. 이윽고 로이가 정육점 아저씨를 만나러 뒷문으로 갔다. 나는 배웅하러 뒤 따라갔다. 헤어지기 전에 로이가 말했다.

"미안해. 이번 크리스마스에는 아저씨랑 떠나있게 됐어. 집에 돌아오면 새로 온 녀석을 소개해줘. 저렇게 뻔뻔한 녀 석은 손을 봐줘야지."

로이가 떠난다는 말에 나는 우울해졌다. 로이는 나와 가 장 친한 친구였기 때문이다. 로이를 나를 위해서라면 싸움 도 마다하지 않았다. 나도 싸울 수는 있다. 하지만 로이의 취미를 방해하고 싶지 않았다. 로이의 취미는 바로 싸움이 었다. 취미 삼아 싸우다니 나는 상상도 할 수 없지만.

집에 온 아저씨는 바구니를 열었다. 아일랜드 혈통의 개 가 이빨을 드러내며 으르렁댔다. 녀석은 밖으로 나와 소파 밑으로 숨었다. 사람들은 새로 온 개에게 아낌없이 비스킷 을 주었다. 이 세상의 어떤 개도 그렇게 많은 비스킷은 못 받았을 것이다. 개가 밖으로 나오자 아저씨는 먹을 것을 주 고, 나보다 훨씬 좋은 바구니도 주었다. 우리는 잠을 자러 갔다.

다음 날 아침, 아이리시 테리어가 바구니에서 나왔다. 녀 석은 기지개를 피고 하품을 하더니 아침을 먹기 전에 날 혼 내줄 것이라고 했다.

"나는 평화를 사랑하는 개야. 싸우기 싫어."

녀석이 코웃음을 쳤다.

"난 싸움 좋아하는데. 그게 너랑 나랑 다른 점이지."

나는 어떻게든 피하려고 했지만, 결국 러슬러에게 발을 물리고 말았다. 녀석이 내 발을 들어 올렸다. 나는 소리를 질렀다. 너무 아프고 부끄러웠다.

"정신이 확 들지?"

녀석이 히죽거렸다. 그리고 대답을 듣기도 전에 몇 번 더 물었다.

"난 싸우기 싫어. 싸움을 싫어한단 말이야."

"그래? 그러면 예의를 갖추는 법을 가르쳐주지."

말이 끝나자마자 녀석은 5분이나 나를 괴롭혔다.

"이제 항복하지?"

내가 진심을 담아 대답했다.

"그래."

"내 심기를 건드렸던 것도 후회하고?"

"그래."

더 이상 무슨 말을 하겠는가!

"이제 싸움이 좋아졌나?"

그렇다고 하길 바라는 것 같았다. 그래서 그렇다고 했다.

"좋아, 이제 우린 친구다. 아침 먹으러 가자. 덕분에 입맛이 도는군."

아침을 다 먹자 러슬러가 물었다. 여전히 못마땅한 말투였다.

"이 동네에서 내가 손봐줄 녀석이 있나?"

내가 대답했다.

"옆집에 내 친구가 살아. 소개해줘도 될지 모르겠지만."

러슬러가 이빨을 드러내며 무슨 뜻이냐고 물었다.

"네 마음에 안 들지도 몰라. 그래도 괜찮은 친구야."

"싸움을 잘하나?"

나는 뒷발로 귀를 긁으며 고민하는 척했다.

"흠, 아닌가 보군."

러슬러가 비웃었다.

"돌아오면 나한테 오라고 해."

러슬러는 툭 하면 나를 물고, 걸핏하면 나를 걸고넘어졌다. 나는 일주일 만에 살이 쪽 빠졌다. 집에 돌아온 로이는 단번에 모든 상황을 눈치챘다. 로이가 힘을 주며 말했다.

"러슬러라는 녀석, 나한테 데리고 와. 한번 봐야겠어."

나는 바로 러슬러에게 갔다. 러슬러가 귀를 쫑긋 세우며 따라왔다. 녀석의 못생긴 꼬리가 흔들렸다. 로이는 평온한 표정으로 개집 옆에 앉아 있었다. 아무 생각이 없는 듯한 표정이었다. 러슬러가 다리를 넓게 벌리고 고개를 깔딱거리며 말했다.

"네 얘기는 많이 들었다, 아무개 씨. 그래서 얼굴 좀 보러 왔다."

로이가 예의를 갖춰 대답했다.

"만나서 반갑다."

그러자 러슬러가 무례하게 말했다.

"일어나. 이 몸이 본때를 보여주지."

로이는 물러나지 않았다. 표정은 여전히 평온해 보였다.

얼마 지나지 않아 앞발을 물린 러슬러가 비명을 질렀다. 일주일 전에 내가 그랬던 것처럼. 로이는 내가 당한 것과 똑같이 갚아주었다. 그렇게 통쾌한 복수라니!

"정신이 확 들지?"

로이가 히죽거렸다. 그리고 대답을 듣기도 전에 몇 번 더 물었다. 러슬러가 말했다.

"다시는 싸움 안 걸게. 아까는 미안했어."

"한 번 더 정신이 들게 해주지."

로이는 몇 번이나 녀석을 혼내주었다.

"이제 항복하지?"

"그래."

러슬러가 나를 노려보며 말했다.

"내 심기를 건드렸던 것도 후회하고?"

"그래."

"내 친구도 안 건드릴 거지?"

"그래!"

로이가 러슬러를 풀어주었다. 나는 로이에게 꼬리를 흔들며 인사한 뒤, 러슬러와 함께 집으로 돌아왔다.

"많이 아프지? 어떤 기분인지 알아."

"교활한 녀석."

러슬러가 씩 웃었다. 알고 보니 러슬러도 마냥 나쁜 녀석은 아니었다.

"잔머리 굴린 거 알아. 아무튼 지난 일은 잊자. 그나저나 네 친구 정말 대단하더라."

그 후 우리는 둘도 없는 삼총사가 되었다. 비록 로이와 러슬러는 동네에 있는 개들에게 여전히 시비를 걸고 다녔지만.

누가 더 똑똑할까?

로버는 누구보다 빨리 물에 들어갈 줄 알았다. 목욕이나 수영할 때는 말이다. 하지만 물건을 물고 나오는 법은 몰랐다. 아이들이 나무막대기를 던져주면 우린 같이 물속에 들어갔다. 그런데 내가 막대기를 물고 나와도 로버는 물장구나 치면서 노는 게 아닌가!

잘난 척하고 싶지는 않지만, 나는 그 녀석보다 훨씬 똑똑하다. 로버는 도그쇼에서 상까지 받은 뉴펀들랜드였고, 나는 별 볼 일 없는 집안에서 자란 리트리버였는데 말이다. 한번은 로버에게 물었다.

"애들이 막대기를 던지면 왜 물고 나오지 않는 거야?"

"막대기는 관심 없으니까."

"막대기를 물고 나오면 칭찬받을 거야."

로버가 흥미롭다는 듯 물었다.

"정말?

"당연하지, 나도 칭찬받았는걸."

"그래?"

나는 의기양양해졌다.

"넌 부끄럽지도 않니? 모름지기 개는 쓸모가 있어야 해. 내가 너라면 얼굴도 못 들고 다녔을 거야."

"그래? 그런데 너는 내가 아니잖아. 아무튼 잘 가."

우리는 강가에서 자주 놀았다. 아이들도 강가에서 노는 것을 좋아했다. 우리는 강아지답게 아이들을 쫓아다녔다.

하루는 강둑에 핀 푹신한 잔디에서 잠이 들었다. 어디선가 첨벙거리는 소리가 들렸다. 곧장 물속에 뛰어들었지만, 나무막대기는 없었다. 그때 한 아이가 개울에서 떠내려가는 게 보였다. 아이는 물 위로 머리를 빼꼼 내밀고 소리를 지르고 있었다.

새로운 놀이인가? 별로 재미는 없어 보였다. 그래서 밖으로 나왔다. 내가 귀에 들어간 물을 털어내고 있을 때였다. 첨벙 하며 누가 물속에 뛰어드는 소리가 났다. 로버였다.

　로버는 물속에서 아이의 옷을 물어 당겼다. 그리고 10미터쯤 떨어진 곳으로 아이를 끌고 나왔다. 아저씨, 아주머니, 아이들은 점박이 개를 보고 야단법석을 떨었다. 얼마나 우스웠던지!

　나는 집으로 돌아와 로버에게 물었다.

　"아까 왜 그랬어? 왜 물속에서 아이를 끌고 나온 거야?"

　"물속에서 사람을 끌고 나오는 게 내 일이니까."

　"그렇지만…"

　내가 다그치는 투로 말했다.

　"네가 멍청해서 어떻게 하는지 모르는 줄 알았어."

　"그래?"

　로버가 깊은 눈망울로 물끄러미 나를 보았다.

　"그러면 지금까지 왜…"

　로버가 차분히 말했다.

　"친구야, 나는 막대기를 물고 나오는 건 바보 같다고 생각해. 멍청한 친구들한테 일일이 설명할 필요도 없고!"

아름다움의 비밀

그 아가씨는 너무나 예뻤다. 어디서도 본 적 없는 아름다운 외모였다. 코는 새까맣고 앙증맞고, 눈은 작지만 똘망똘망하고 매력이 넘쳤으며, 귀는 길고 보드라웠고, 꼬리는 타조의 깃털처럼 곱슬곱슬했다. 아리따운 아가씨는 우아한 자세로 염색소 창가에 앉아 있었다.

매력적인 코에, 똘망똘망한 눈, 곱슬곱슬한 꼬리를 가진 개는 많다. 하지만 베시는 특별했다. 무엇보다 그 풍성한 진분홍색 털이라니!

　나는 빵집에서 살았다. 가게 문 앞에 앉아 있을 때 베시를 처음 보았다. 나는 아리따운 아가씨에게 인사하기 위해 건너편으로 걸어갔다. 베시도 나를 보고 좋아하는 것 같았다. 우리는 짧은 대화를 나누었다. 날씨, 동네 강아지들, 토끼, 쥐, 못된 집고양이 같은 주제였다.

　베시는 맑고 매력적인 눈만큼이나 친절하고 유쾌했다. 우리는 내일 오후에 만나자고 약속했다. 헤어지기 전, 나는 용기를 내어 물어보았다.

　"아가씨, 궁금한 게 있어요. 어쩌다 그렇게 눈부시고 아름다운 털을 갖게 되었지요?"

　베시가 사랑스러운 귀를 펄럭이며 대답했다.

　"이 털은 우리 부모님에게 물려받은 것이랍니다. 엄마가 인도 왕궁의 로열 크림슨 가문에서 살았거든요."

　나는 감탄하며 베시에게 인사한 뒤 자리를 떠났다. 집에서 나를 부르는 소리가 들렸다.

　다음 날, 아름다운 분홍색 개를 찾아다녔지만, 어디서도 보이지 않았다. 대신 그 자리에 하늘색 개가 앉아 있었다.

목에 노란색 리본을 멘 아가씨는 염색소 앞에서 햇볕을 쬐고 있었다.

내 눈이 잘못됐나? 저 앙증맞은 코와 귀, 풍성한 꼬리, 똘망똘망한 눈은 어제 본 아가씨가 맞는데.

나는 염색소로 걸어갔다. 베시는 부끄러워하며 나를 반겨주었다. 어색함도 잠시, 우리는 즐겁게 대화를 나누었다. 우유, 기니피그, 고기 장수의 버릇 같은 주제였다. 나는 헤어지기 전, 베시에게 말했다.

"옷이 바뀌었군요."

"그래요, 똑같은 옷만 입는 건 너무 질리잖아요. 평범한 개들이나 그러는 거죠."

"저번에는..."

난 머뭇거리며 말했다.

"엄마가 로열 크림슨 가문의 개라고..."

베시가 대답했다.

"맞아요. 우리 아빠는 크리스털 팰리스 도그쇼에서 1등까지 한 하늘색 테리어였어요. 부모님 털을 반반씩 물려받았나 보죠."

나는 또 한 번 감탄하며 자리를 떠났다. 고귀한 혈통만큼 베시의 말투에는 품위가 넘쳤다. 그날 밤, 나는 하늘색 개와 진홍색 개들이 행진하는 꿈을 꾸었다.

다음 날, 나는 베시와의 약속을 지키려고 황급히 약속 장소로 갔다. 그날 베시의 털은 짙은 자주색이었다. 이번에도 나는 아무렇지 않은 듯 베시와 대화를 나누었다. 개 목걸이, 목줄, 개집, 비스킷, 뼈다귀, 입마개가 주는 모욕감 같은 주제였다. 나는 궁금증을 참지 못하고 물었다.

"또 옷이 바뀌었군요. 엄마가 로열..."

베시가 짜증 섞인 말투로 말했다.

"나도 알아요! 똑같은 말을 하는 것도 지겹네요. 우리 아빠 털은 빨갛고, 우리 엄마 털은 파래요. 보다시피 내 털은 자주색이고요. 진홍색과 파란색을 섞으면 자주색이 되는 거 몰라요? 아이들 물감만 봐도 알잖아요."

나는 고맙다고 인사한 뒤 자리를 떠났다. 자주색이야말로 세상에서 가장 아름다운 색이 아니던가.

다음 날 아침, 베시의 털은 잔디를 연상케 하는 초록색이었다. 나는 평소처럼 예의를 갖춰 인사했다. 그리고 단호한 목소리로 말했다.

"파란색과 진홍색을 섞으면 자주색이 된다고 쳐요. 그런데 이 색은..."

"난 초록색을 제일 좋아하거든요."

베시가 발랄하게 대답했다.

"부모님이 물려준 털 색을 꼭 지켜야 한다는 법은 없지 않나요?"

나는 조용히 자리를 떠났다. 그때 염색소 창문 커튼 사이로 염색통이 보였다. 베시의 털과 똑같은 색이었다. 다음 날 베시는 없었다. 열심히 찾아다녔지만 허탕만 치고 돌아왔다.

다음 날, 염색소 앞에 푸들 한 마리가 앉아 있었다. 주황색과 다홍색으로 된 줄무늬 털이 눈에 띄었다. 나는 곧장 낯선 개에게 다가갔다.

"안녕하십니까. 이런 털 색은 어쩌다 갖게 되었지요?"

푸들이 풀이 죽은 목소리로 말했다.

"염색공이 내 털을 염색했어요. 타고난 색깔을 잃어버린다는 것은 끔찍한 일이지요."

그 후, 나는 한 번 베시를 만났다. 베시는 이제 양철공과 산다고 했다. 이번에는 생강처럼 털이 새하얬다. 이번에도 놀랐지만 나는 신사답게 예의를 갖춰 물었다.

"아름다운 옷은 이제 입지 않으시나요?"

베시는 퉁명스럽게 대답했다. 더 이상 자신이 매력적이지 않다는 것을 아는 것 같았다.

"예쁜 옷은 이제 안 입기로 했어요. 바보 같은 친구들이 자꾸 물어대지 뭐예요!"

나는 고개를 끄덕이고 조용히 자리를 떠났다. 건너편에 사는 푸들이 파란색, 초록색, 주황색, 자주색으로 휘황찬란하게 변하는 것을 보면서 이런 생각이 들었다.

'그동안 베시가 말했던 게 전부 사실이었을까?'

세 터 가 사 는 법

우리 집안은 영국에서 가장 오래되고 고귀한 가문이다. 나는 이렇게 훌륭한 집안에서 태어난 것이 퍽 자랑스럽다. 이런 마음은 지금도 변함없다. 비록 그것 때문에 고통받고 있지만 말이다.

우리 아빠는 조상 대대로 정복왕 가문에서 살았다. 카운티 도그쇼에서 상도 휩쓸었다. 엄마도 예쁘장한 외모로 상을 탔다. 그런데 딱 한 번밖에 타지 못했다. 꼬리가 문에 껴서 다치는 바람에 더 이상 쇼에 나가지 못했기 때문이다.

나는 일찍이 내 고귀하고 순수한 혈통이 얼마나 귀한지

알았다. 세터의 귀는 길고 비단처럼 부드럽다. 그래서 동생에게 한 번에 한 시간씩 귀를 잡아당기라고 시켰다. 귀를 더 길게 늘이려고 앞발로 털을 빗기도 했다.

아빠의 이마는 높고 좁다. 엄마의 불행한 사고를 듣고 나서 나는 굳게 마음먹었다. 우리 집을 자랑스럽게 만들 머리를 만들기로! 그래서 틈만 나면 문기둥과 문 사이에 머리를 집어넣었다. 그러면 동생이 와서 문에 기댔다. 이러면 세터답게 머리뼈 뒷부분이 튀어나오게 만들 수 있다.

모름지기 세터라면 다리가 곧게 뻗어야 한다. 그래서 나는 한 번도 야외 스포츠에 나가지 않았다. 하지만 내 동생은 어릴 때부터 스포츠에 푹 빠져 살았다. 그런 운동을 하면 다리가 휘는 것도 모르나?

꼬리는 내가 특별히 더욱 신경을 쓰는 부위였다. 나는 기발한 방법을 생각해냈다. 바로 알파벳 O처럼 몸을 비튼 뒤, 꼬리 끝을 살짝 무는 것이다. 이렇게 하면 몸과 꼬리를 길게 늘일 수 있다. 퍽 아픈 자세이지만 고귀한 혈통을 포기할 수는 없다. 이렇게 노력한 덕분에 나는 카운티 세 곳에서 가장 잘생긴 세터가 되었다.

내가 세터다운 품위를 유지하는 동안 동생은 스포츠의 달인이 되었다. 스포츠라면 사족을 못 썼다. 그 녀석에게 자존심은 없었다. 경기장 진흙탕에 몸을 던지고, 가시덤불에 들어가다 귀를 다치기도 했다. 집안의 품위도 전혀 지킬 줄 몰랐다. 주인아저씨 발밑에 엎드리거나, 앞발을 들어서 새가 있는 곳을 가리키기도 했다. 고작 흔해 빠진 자고새 때문에! 한번은 내가 따끔히 말했다.

"넌 포인터로 태어나야 했어."

"그것도 좋지. 내 친구 중에 포인터가 있어."

동생이 천진난만한 얼굴로 웃었다.

"파인스 농장에 사는 친구야. 참 괜찮은 친구라니까."

"이런, 이리 와서 내 머리나 눌러주지 그래? 포인터랑 어울리는 건 우리 가문의 수치야. 그렇게 저속하고 점잖지 못하고 털 짧은 개는 달마티안하고나 노는 거야."

동생은 웃기만 했다. 천성이 나쁜 녀석은 아니었다. 동생은 내 이마가 아픔을 못 견딜 때까지 문틈에 내 머리를 넣고 조여주었다.

어느 날, 나는 크리스털 팰리스 도그쇼에 나가게 되었다. 혈통과 국적이 다양한 개들을 보면서 안도의 한숨을 쉬었

다. 이렇게 훌륭한 가문의 잉글리시 세터로 태어나서 얼마나 다행인가! 물론 동생은 쇼에 나오지 않았다. 당당한 내 모습을 봤으면 분명히 날 자랑스러워했을 텐데.

1등은 당연히 내 차지였다. 나는 최선을 다했고, 가문의 영광도 지켰다. 심사위원들은 만장일치로 나를 세상에서 가장 완벽하고 아름다운 사냥개라고 칭찬했다. 주인아저씨는 크게 기뻐하며 나의 보드라운 이마를 쓰다듬었다. 그리고는 몸을 돌려 짧은 부츠를 신은 뚱뚱한 아저씨와 이야기를 나누었다.

나는 내 삶이 어떨지 그려보았다. 즐거운 도그쇼, 우레와 같은 박수, 아저씨의 따스한 손길, 맛있는 음식, 1등까지. 장밋빛 미래가 눈앞에 보이는 듯했다.

하지만 하노버 왕가 출신이 무색할 정도로, 주인아저씨는 교양이 없는 사람이었다. 내 희망은 산산조각 났다. 승리에 취한 것도 잠시, 나는 도그쇼에서 본 뚱뚱한 아저씨에게 팔려갔다.

그 후 다시는 동생을 볼 수 없었다. 누구보다 날 사랑했던 엄마에게 1등을 했다고 말하지도 못했다. 이제 아빠가 도그쇼에서 활약했을 때를 떠올리며, 뼈다귀를 두고 수다를 떨 수도 없게 되었다. 뚱뚱한 아저씨는 나를 데리고 먼 시골로 갔다.

다음 날 아침, 아저씨와 나는 들판으로 나갔다. 아저씨가 나를 힐끔 쳐다보았다. 내가 뭔가 하길 바라는 눈치였다. 나는 앉아서 평소처럼 꼬리를 늘리는 것을 보여주었다. 이걸 보면 아저씨가 칭찬해주겠지? 하지만 아저씨는 날 보자마자 세게 꿀밤을 때렸다.

우리는 좀 더 멀리 나갔다. 아저씨 기분이 점점 안 좋아지는 게 느껴졌다. 내가 뭘 잘못한 거지? 그때 건방진 자고새가 코앞까지 날아왔다. 나는 재빨리 새를 낚아채고 주변을 둘러보았다. 이번에는 칭찬을 받겠지? 그런데 웬걸, 아까보다 더 세게 꿀밤을 맞았다.

"도그쇼에서 1등 한 개도 소용없군. 지금은 아무 쓸모가 없잖아. 그레이하운드를 데려올 걸 그랬어."

"그러게 말이에요."

나는 숨죽여 말했다.

그 후 나는 끔찍한 일주일을 보냈다. 그러다 문득 동생이 떠올랐다. 그 녀석이 있었으면 저 교양 없는 뚱보 아저씨도 좋아했을 텐데. 이럴 때 그 애라면 어떻게 했을까? 동생이 날 짜증 나게 했던 것들이 생각났다.

우리는 또 들판에 나갔다. 자고새 냄새가 났다. 나는 동생이 그랬던 것처럼 자리에 엎드렸다. 바보처럼 앞발도 들었다. 아저씨는 칭찬하며 나를 쓰다듬어 주었다.

그날 이후, 나는 완전히 다른 개가 되었다. 아저씨는 이제 날 최고의 사냥개라고 치켜세운다. 하지만 아무리 꿀밤을 맞고 꾸중을 들어도 내가 완벽한 세터라는 사실은 변하지 않는다. 불타는 열정, 세터의 의무, 가문의 자존심은 마음 깊은 곳에 간직할 테니까!

부록: 품종 설명

1. 팅커

©Mikkel Bigandt - stock.adobe.com

닥스훈트(Dachshund): 다리가 짧고 몸통과 허리가 긴 독일산 사냥견으로 독일어로 '오소리 개'라는 뜻이다. 호기심이 많고 용감하며 충성스러워 반려견과 감시견으로 인기가 높다.

2. 쥐잡이의 명수

©Vincent - stock.adobe.com

맨체스터 테리어(Manchester Terrier): 쥐잡이 명수 '블랙

앤 탄 테리어' 혈통인 영국산 반려견이다. 매끈한 검은색, 황갈색 털이 특징이며 19세기에 영국 쥐잡이 대회에서 활약하였다.

©American Kennel Club

와이어폭스 테리어(Wire Fox Terrier): 여우 사냥으로 개량된 영국산 테리어로, 스무스폭스 테리어와 달리 구불구불하고 뻣뻣한 털이 특징이다. 사냥본능이 강하고 대담하며 겁이 없다.

3. 통쾌한 복수

©bagicat/shutterstock.com

아이리시 테리어(Irish Terrier): 아일랜드산 사냥견으로 과거에 쥐, 오소리 등을 잡기 위해 투견으로 길렀다. '어린이들의 개'라고 불릴 정도로 사람과 잘 지내지만, 다른 개에게는 공격적인 성향이 있다.

4. 누가 더 똑똑할까?

©Dyrefphotografi.dk - stock.adobe.com

뉴펀들랜드(Newfoundland): 캐나다산 사역견으로 과거에 어부들이 그물을 회수할 때 사용했으며 오늘날 해양 구조에서 활약한다. 큰 체격과 이중 털, 물갈퀴 발이 특징이며, 아이들에게 온순하다.

©Brodetakaya Elena - stock.adobe.com

리트리버(Retriever): 잡은 짐승을 물어오는 데 쓰였던 영국산 사냥견으로 성격이 온순하고 차분해 안내견에 적합하다. 대표적으로 골든 리트리버와 래브라도 리트리버가 있다. 사진은 골든 리트리버.

5. 아름다움의 비밀

푸들(Poodle): 프랑스산 반려견으로 곱슬곱슬한 털과 다양한 털 색이 특징이다. 영리하고 재주가 많아 과거에 서커스에서 활용되었으며, 현재는 도그쇼에서 활약한다. 칭찬받는 것을 좋아한다.

6. 세터가 사는 법

잉글리시 세터(English Setter): 새 사냥을 위해 개량한 영국산 반려견으로, '세터'라는 이름은 사냥감을 찾으면 멈춰 기다리는 행동에서 유래했다. 애교가 많고 친근하며 얌전해 '영국 신사'로도 불린다.

포인터(Pointer): 에스파냐가 원산지인 사냥견으로 사냥감을 찾으면 앞발을 들어 올리고 쳐다보는 행동에서 이름이 유래했다. 세터와 함께 최고의 사냥개 품종으로 손꼽힌다. 사진은 잉글리시 포인터.

달마티안(Dalmatian): 크로아티아산 경비견으로 흰 바탕에 검은색 또는 갈색 점무늬가 특징이다. 영리하고 붙임성이 좋으며 에너지가 넘친다.

그레이하운드(Greyhound): 영국산 사냥견으로 기원전

3,000년 전을 거슬러 올라가는 오래된 역사와 가장 빠른 견종으로 알려져 있다. 뛰어난 시력으로 사냥감을 찾으면 빠르게 뛰어간다. 날렵하며 힘이 세다.

참고 서적 및 사이트

·원문 제공
프로젝트 구텐베르크 https://www.gutenberg.org/

·품종 설명
네이버 지식백과 https://terms.naver.com/
(동물백과, 두산백과, 한국애견협회 애견정보)
DK 개 백과사전(2019, 지식의 날개)

·품종 사진
아메리칸 케널 클럽 https://www.akc.org/
(상세 출처 표기는 사진 하단 참고)

·저자 정보
네이버 지식백과 https://terms.naver.com/
위키백과 https://en.wikipedia.org/wiki/E._Nesbit